La piel fría

quinteto

Albert Sánchez Piñol

La piel fría

Traducción de Claudia Ortego Sanmartín

edhasa

Título original: *La pell freda*

Avda. Diagonal, 519-521. 08029 Barcelona
www.edhasa.es

Diseño de la cubierta: adaptación de la idea original de Pepe Far
Primera edición: abril de 2006
Segunda impresión: agosto de 2006

Depósito legal: B. 39.433-2006
ISBN: 84-96333-80-9
Impresión y encuadernación: Litografía Rosés, S. A.
Printed in Spain - Impreso en España

El derecho a utilizar la marca Quinteto corresponde a las editoriales ANAGRAMA,
EDHASA, GRUP 62, SALAMANDRA y TUSQUETS.

Biografía

Albert Sánchez Piñol (Barcelona, 1965) es autor del ensayo satírico *Pallassos i monstres* (2000), saludado por la crítica como un libro formidable sobre dictadores africanos, y ha publicado además el libro *Compagnie difficili* (2000), en colaboración con Marcelo Fois, y el conjunto de relatos *Les edats d'or* (2001).

La fuerza narrativa y la originalidad de su primera novela, *La piel fría* (2002), Premio El Ojo Crítico en la categoría «Narrativa española» 2003 y finalista en el Premio de Libreros de Cataluña (Premi Llibreters), convirtieron su publicación en el fenómeno literario del año en el ámbito de las letras catalanas.

Posteriormente ha publicado *Pandora en el Congo* (2005).

LA PIEL FRÍA

I

Nunca estamos infinitamente lejos de aquellos a quienes odiamos. Por la misma razón, pues, podríamos creer que nunca estaremos absolutamente cerca de aquellos a quienes amamos. Cuando me embarqué ya conocía este principio atroz. Pero hay verdades que merecen nuestra atención, y hay otras con las que no conviene mantener diálogos.

Tuvimos la primera visión de la isla al amanecer. Hacía treinta y tres días que los delfines habían renunciado a nuestra popa y diecinueve que la tripulación arrojaba nubes de vaho por la boca. Los marineros escoceses se protegían con manoplas que les llegaban hasta el codo. Vestían pieles tan contundentes que hacían pensar en cuerpos de morsa. Para los senegaleses aquellas latitudes frías eran un suplicio, y el capitán toleraba que empleasen aceite de patata como maquillaje protector, en las mejillas y en la frente. La materia se diluía y se les filtraba por los ojos. Lloraban, pero nunca se quejaban.

–Su isla. Fíjese allí, en el último horizonte –me dijo el capitán.

No supe verla. Sólo aquel mar frío, como siempre, taponado por nubes distantes. A pesar de que estábamos muy al sur, las formas y los peligros de los icebergs antárticos no habían animado la travesía. Ninguna montaña de hielo, ni rastro de aquellos gigantes a la deriva, naturales y espectaculares. Sufríamos los inconvenientes del sur pero se nos negaba su grandilocuencia. Mi destino, pues, estaba en el umbral de una frontera gélida que nunca traspasaría. El capitán me dio el catalejo. ¿Y ahora? ¿La ve? Sí, la vi. Una tierra aplastada entre los grises del océano y del cielo, rodeada por un collar de espuma blanca. Nada más. Tuve que esperar toda una hora. Después, a medida que nos acercábamos, los contornos fueron haciéndose visibles a simple vista.

Allí estaba mi futura residencia: una extensión que de punta a punta a duras penas alcanzaba el kilómetro y medio, en forma de letra ele. El extremo norte era una elevación granítica ocupada por el faro. Destacaba su altura de campanario. No imponía exactamente por su magnitud, pero las reducidas dimensiones de la isla le otorgaban, por contraste, una consistencia megalítica. Al sur, en el talón de la ele, una prominencia menor, donde asomaba la casa del oficial atmosférico. O sea, la mía. Las dos construcciones se unían por una especie de valle estrecho donde proliferaba la vegetación húmeda. Los árboles crecían como un rebaño de reses, apretándose los unos contra los otros, buscando refugio en los cuerpos ajenos. El musgo los abrigaba. Un musgo más compacto que los matorrales de los jardines y alto hasta la rodilla, fenómeno curioso. Manchaba los troncos como una lepra de tres colores: azul, violeta y negro.

La isla estaba rodeada por arrecifes menores, diseminados aquí y allá. Esto hacía del todo imposible fondear a menos de trescientos metros de su única playa, que se extendía al pie de la casa. Por tanto, no quedaba más remedio que cargar mi equipaje y mi persona en una chalupa. Que el capitán me acompañara a tierra firme debía entenderse como una amabilidad gratuita. Nada le obligaba a ello. Pero a lo largo del viaje se había iniciado entre nosotros una de esas relaciones de mutuo entendimiento que, a veces, surgen entre hombres de generaciones diferentes. Tenía sus orígenes en los barrios portuarios de Hamburgo, después se ganó la patria danesa. Si algo lo definía eran los ojos. Cuando miraba a alguien no existía nada más en el mundo. Ponderaba a los individuos con criterio de entomólogo y las situaciones con carácter de experto. Algunos incluso lo confundirían con severidad. Yo creo que aquélla era su manera de aplicar los ideales tolerantes que escondía en la recámara de su espíritu. Nunca confesaría su amor al prójimo con palabras, pero le dedicaba todos sus actos. Siempre me trató con la gentileza del verdugo por encargo. Si podía hacer algo por mí, lo haría. Al fin y al cabo, ¿quién era yo? Un hombre más cercano a la juventud que a la madurez, destinado a una isla minúscula barrida por aires de estigma polar. Durante doce meses tendría que vivir allí, en una soledad de exilio, lejos de toda costa civilizada, con un trabajo tan monótono como insignificante: anotar la intensidad, dirección y frecuencia de los vientos. Los convenios de marina internacional así lo estipulaban. Naturalmente, el sueldo era bueno. Pero nadie aceptaba un destino como aquél por dinero.

El capitán, yo, ocho marineros y cuatro chalupas llegamos a la playa. Los hombres tardarían un buen rato en descargar las provisiones de un año entero, además de los baúles y pertenencias que llevaba conmigo. Muchos libros. Me constaba que me sobraría tiempo y quería ocupar la mente con las lecturas que los últimos años de mi vida me habían negado. Bien, dijo el capitán al darse cuenta de que la operación sería lenta, vamos. Así que él y yo nos adelantamos por la arena. Un caminito que subía llevaba a la casa. El anterior inquilino se había ocupado de poner una barandilla. Maderas arrojadas y pulidas por el mar, clavadas de forma muy rudimentaria. Sí, una mente racional había hecho aquello. Y aunque parezca increíble, fue ese detalle lo que me llevó a pensar por primera vez en el individuo a quien iba a sustituir. Esa persona era un ser concreto, ahora podía ver una de sus acciones sobre el mundo, por fortuita que fuese. Pensé en él y, en voz alta, dije:

–Es extraño que el oficial atmosférico no haya salido a recibirnos. La llegada del relevo tendría que hacerlo muy feliz.

Tal como solía sucederme con el capitán, un segundo después de haber hablado me mordí la lengua: hacía rato que sus ideas se anticipaban a las mías. La casa estaba ante nosotros. Un tejado cónico, con tejas de pizarra y paredes de ladrillos rojos. La construcción no tenía ni pizca de gracia ni de armonía. En los Alpes sería un refugio de montaña, una ermita en el bosque o una caseta de aduana.

Sin actuar, quieto, durante un largo minuto el capitán se entregó a la inspección visual de quien huele peligros. Yo le había cedido toda la iniciativa. Un viento de primera hora movía las ramas de los cuatro árboles, una especie de robles canadienses, que marcaban los ángulos de la vivienda. El aire no era gélido pero era molesto. Si bien existía algún tipo de desolación, no era de una clase identificable. El problema no era tanto lo que había como lo que no veíamos. ¿Dónde se hallaba el oficial? ¿Dedicándose a alguna tarea de su oficio, en algún lugar? ¿O simplemente paseando por la isla? Poco a poco aparecieron indicios adversos. Las ventanas eran pequeñas, rectángulos de cristal muy gruesos. Los postigos de madera estaban abiertos. Batían. No me gustó. Rodeando la casita, muy cerca de los muros, aún se podía adivinar un antiguo jardín. Los límites estaban señalados por piedras medio enterradas. Pero la mayoría de plantas habían desaparecido como pisoteadas por un batallón de elefantes.

El capitán hizo un gesto muy suyo: el mentón hacia arriba, como si el cuello del gabán azul le asfixiara ligeramente. Después empujó la puerta, que se abrió con un reniego de tumba faraónica profanada. Si las puertas hablasen, aquel chirrido habría dicho: «Pasad si queréis, no será responsabilidad mía». Entramos, sí.

El espectáculo recordaba alguna crónica de explorador africanista. Como si una columna de hormigas tropicales hubiera arrasado aquel espacio, devorando la vida y despreciando los objetos. Los muebles esenciales estaban intactos. Más que destrucción, abandono. Era un recinto de una sola pieza. La cama se encontraba en su lugar, la chimenea y el montoncito de troncos también. La mesa se había caído. El barómetro de mercurio estaba intacto. Los enseres de cocina, desaparecidos –no sé por qué, este detalle me pareció un misterio supremo. No se veían utensilios personales de mi predecesor, o el instrumental del oficio. Pero la dejadez más bien me pareció producto de alguna extraña locura que de catástrofes naturales. Y aunque triste, en general continuaba siendo un lugar habitable. El rumor de las olas llegaba claramente hasta nosotros.

–¿Dónde dejamos las cosas del señor oficial de aires y vientos? –dijo un recién llegado, el senegalés Sow. Los marineros habían conseguido traer el equipaje desde la playa.

–Aquí, aquí, por aquí dentro, da lo mismo –dije con mucha energía, a fin de disimular el sobresalto que me había producido aquella voz inesperada. El capitán dirigió contra la marinería el disgusto que le provocaba la situación:

–Por favor, Sow, que los chicos me arreglen este desastre.

Mientras los hombres se afanaban en colocar los baúles y ordenarlo todo, el capitán me sugirió que fuésemos al faro.

–Quizás encontremos allí a su predecesor –me dijo cuando ya no podían oírnos los marineros.

Según le constaba, el faro también estaba habitado. No recordaba exactamente si era de los holandeses, los franceses o de quién, pero pertenecía a alguien. El encargado del faro era el vecino del oficial atmosférico, y sería muy lógico y comprensible que hubieran trabado una amistad de circunstancias. Esto, sin embargo, era más un razonamiento que una esperanza. Nos permitía explicar la localización del atmosférico pero no justificaba el estado de la casa. En cualquier caso, era muy oportuno dirigirse allí.

Recuerdo la inquietud que sentí durante aquel breve trayecto. Supongo que en gran parte se debía a mi estado de ánimo en ese momento. También es cierto que no era un bosque como los que estamos acostumbrados a ver. Un sendero originado por el paso del hombre nos llevaba en un trayecto casi directo hasta el faro. Sólo se desviaba cuando el musgo, traidor, camuflaba socavones llenos de barro y jugos negros. Inmediatamente detrás de los árboles, estaba el mar, que nos rozaba con cadencia átona. Pero lo peor era, justamente, el silencio. O, mejor dicho, los no ruidos. No existían las melodías asociadas a la naturaleza boscosa, no teníamos pájaros ni insectos gritones. Muchos troncos, de dimensiones bastante respetables, habían crecido torcidos por el embate de los vientos. Desde el barco me había parecido que era una masa boscosa muy tupida. A menudo la distancia nos engaña en nuestra apreciación de la densidad, humana o vegetal. Esta vez no. Estaban tan juntos los unos de los otros que, a menudo, se hacía difícil precisar si dos árboles salían de la misma raíz o si eran independientes. Nuestro camino se veía cortado por un conjunto de arroyos insignificantes. Tenían el aspecto del agua deshelada en las montañas, que no brota de una fuente concreta. Un paso largo era suficiente para evitarlos.

La punta del faro apareció de repente, perfilándose por encima de los árboles más altos. El camino se acabó al final del bosque. Pudimos ver el pedestal de granito pelado sobre el que se elevaba la construcción. El océano lo circundaba por tres lados. En días de marejada debía de batir con violencia contra la piedra. Pero el arquitecto, fuese quien fuese, había trabajado a conciencia. Una superficie redondeada y compacta para resistir mejor los golpes del mar; cinco aspilleras medievales bien distribuidas; un balconcito estrecho con la barandilla oxidada; una cúpula puntiaguda. Lo que resultaba del todo incomprensible eran las construcciones añadidas al balcón. Palos y estacas cruzados, a menudo con la punta afilada. ¿Un andamio para hacer obras de reparación? No teníamos ni tiempo ni ánimo para pensar en ello.

–¡Hola! ¡Hola! ¡Hola! –gritó el capitán, golpeando la puerta de hierro con la palma de una mano. No recibimos respuesta, pero aquel impulso fue suficiente para descubrir que la puerta no estaba cerrada. Era una pieza solidísima. El hierro tenía un palmo de grosor y lo habían reforzado con docenas de remaches de plomo. El peso y el volumen eran tan contundentes que tuvimos que empujarla los dos a la vez para moverla. Dentro, una extraña iluminación. La luz exterior se filtraba recreando efectos catedralicios. En los muros aún resistía una capa de cal, que esparcía blancuras por las paredes cóncavas. La escalera, finalmente, ascendía en espiral, pegada a la piedra. Por lo que veíamos, aquella parte inferior estaba reservada al almacén general, con una cantidad notable de utensilios y reservas.

El capitán masculló en voz baja algo que no llegué a entender. Empezó el ascenso, muy decidido. Los noventa y seis escalones desembocaban en una superficie de madera, que conformaba el suelo del piso superior. Un empujón a una trampilla cuadrada y estuvimos dentro. En efecto, había allí un habitáculo perfectamente ordenado y caliente. Una estufa de tubo en forma de codo ocupaba el centro de aquel espacio casi circular. Una pared con puerta rompía la esfericidad del lugar. Detrás, tal vez, estaría la cocina. Otra escalerita conducía a un nuevo piso, seguramente a la sala de máquinas del faro. Hasta aquí todo era plausible; la incoherencia estaba en el orden, en el estilo con que se ordenaba la casa.

Las cosas habían sido dispuestas cuidadosamente en el suelo, siguiendo las paredes. Se alineaban allí objetos que solemos poner sobre mesas o estantes. Y sobre las cajas nunca faltaba un peso, tuvieran tapa o no. Un ejemplo: una caja con zapatos, y por encima de los zapatos una placa de carbón. Otro: un bidón de petróleo, cilíndrico y de medio metro de altura, lleno de ropa sucia. Encima, un trozo de madera comprimía las piezas de ropa. Tanto la placa como el trozo de madera eran tapaderas imperfectas; en cualquier caso no esconderían el mal olor, si era éste el efecto que se buscaba. Se diría que el propietario tenía miedo de que los contenidos huyeran como pajaritos, liberados de la gravedad, y que por eso aseguraba sus pequeños depósitos con cargas sólidas.

Por último, la cama. Un mueble viejo, con una cabecera de barras de hierro delgadas. Y cubierto por tres mantas gruesas, el hombre.

Indudablemente lo habíamos sorprendido en mitad del sueño. Cuando entramos ya tenía los párpados abiertos. Pero no reaccionaba. Nos miraba con unos pequeños ojos de topo. Las mantas lo cubrían hasta la nariz como la piel de un oso. La habitación se nos presentaba muy limpia, él no tanto. Era un espectáculo que fluctuaba entre la indefensión, la dejadez y la ferocidad. Bajo el colchón, un orinal muy lleno de orines fríos.

–Buenos días, técnico en señales marítimas. Somos el relevo del oficial atmosférico, su vecino –dijo el capitán sin circunloquios, mientras señalaba con una mano en dirección a la casa–. ¿Sabe por dónde anda?

Las palabras del capitán me recordaron que nos habíamos adentrado un kilómetro y medio desde la playa de desembarque. Sentí que aquella distancia era más larga que toda la ruta entre Europa y la isla. También pensé en el hecho de que el capitán se iría de allí, muy pronto.

Desde la cama, una mano con pelos negros inició un movimiento vago. A medio camino, sin embargo, renunció. La inmovilidad del hombre exasperaba al capitán:

–¿No me entiende? ¿No entiende mi lengua? ¿Habla francés? ¿Holandés?

Pero el individuo se limitaba a mirarlo fijamente. Ni siquiera se molestaba en retirar las mantas del rostro.

–¡Por el amor de Dios! –bramó el capitán, con un puño cerrado–. Tengo que hacer un viaje comercial importante. ¡Y estoy en tránsito! A petición de la corporación naviera me he desviado de mi trayecto, para dejar a este hombre aquí y para llevarme a su predecesor. ¿Entiende esto? Pero el oficial atmosférico actual no está. No está. ¿Puede informarme de dónde encontrarlo?

El farero nos miraba a él y a mí alternativamente. Nada más. Ofuscado, con la cara enrojecida, el capitán insistió:

–¡Soy capitán y tengo plenos poderes para llevarlo a juicio si me deniega una información necesaria para la salvaguarda de bienes y personas! Se lo repetiré por última vez: ¿dónde está el oficial atmosférico destinado a esta isla?

–Lamentablemente no puedo contestar a su pregunta.

Se creó un silencio. Casi habíamos renunciado a comunicarnos con aquel ser, que de repente nos sorprendía con un acento de artillero austríaco. El capitán cambió de tono, un poco más calmado:

–Bien, eso está mejor. ¿Por qué no puede contestarme? ¿Tiene algún contacto con el oficial atmosférico? ¿Cuándo lo vio por última vez?

Pero el individuo, de nuevo, se recluyó en el silencio.

–¡En pie! –ordenó súbitamente el capitán.

El otro obedeció, poco a poco. Apartó las mantas y sacó los pies. Tenía una corpulencia nada despreciable. Se movía como un árbol desarraigado que está aprendiendo a caminar. Se quedó sentado en la cama, mirando al suelo. Estaba desnudo. A él no le importaba mostrar su desnudez. Pero el capitán apartó la mirada de aquel cuerpo, afectado por un pudor que el farero no conocía. El pecho estaba cubierto por una alfombra de pelos, que trepaban por los dos hombros como plantas silvestres. Al sur del ombligo la densidad del vello era de jungla. Vi un miembro distendido pero gigantesco. El hecho de que también estuviera cubierto de vello casi hasta el prepucio me asustó. «¿Qué hacen tus ojos ahí?», me dije, y los desvié hasta el rostro de nuestro interlocutor. Tenía una barba de estilita clásico, nada cuidada. Era uno de esos hombres con el cabello tan espeso que empezaba un par de centímetros por encima de las cejas, muy pobladas, por cierto. Se sentaba en el colchón apoyando las manos en las rodillas, los brazos en posición simétrica. Los ojos y la nariz se concentraban en el centro de la cara, y dejaban grandes espacios para unas mejillas de pómulos mongoles. Se diría indiferente al interrogatorio. Yo no sabía muy bien si se comportaba así por disciplina o por sonambulismo. Pero me fijé, y una mueca delataba su nerviosismo interior: abría y cerraba los labios como un murciélago. Eso me permitió ver unos dientes separados. El capitán se agachó hasta tener la cara a pocos centímetros de la oreja del otro:

–¿Se ha vuelto loco? ¿Comprende su responsabilidad? ¡Está saboteando una misión que intenta cumplir los tratados internacionales! ¿Cómo se llama?

El hombre miró al capitán:

–¿Quién?

–¡Usted! ¡Estoy hablando con usted! ¿Cuál es su último nombre legal?

–Batís. Batís Caffó.

El capitán, separando las sílabas:

–Por última vez, técnico en señales marítimas Caffó, lo conmino: ¿dónde está el oficial atmosférico?

Sin mirarlo, después de dudar, el hombre dijo:

–No me es posible contestar a esa pregunta.

–Está loco, decididamente está loco –se rindió el capitán, paseándose como un animal enjaulado. Ahora ignoraba a nuestro hombre y revolvía las cosas con espíritu policial. Cuando entró en la salita contigua vi un libro, cerca de la cabecera de la cama. En el suelo, también retenido por una piedra. Lo hojeé por encima. A fin de establecer una conversación más fluida comenté:

–Yo también conozco la obra del doctor Frazer, a pesar de que no tengo de ella una opinión sólida. No sé si *La rama dorada* es una genialidad del pensamiento o una insustancia magnífica.

–El libro no es mío y no lo he leído.

Qué lógica tan curiosa. Lo decía como si tuviera que existir alguna relación entre los dos hechos. En cualquier caso, eso fue todo. No conseguí motivarlo para que continuara hablando. Me miraba con su actitud de fantasma inapetente y ni siquiera sacaba las manos de las rodillas.

–¡Déjelo estar, por favor! –me interrumpió el capitán, que no había encontrado ninguna señal de interés–. Este individuo ni siquiera se ha leído el reglamento de su oficio. Me crispa los nervios.

No podíamos sino regresar a la casa del oficial atmosférico. A medio camino, sin embargo, todavía en el interior del bosque, el capitán me detuvo cogiéndome por una manga:

–La tierra más cercana es la isla Bouvet, reivindicada por los noruegos, seiscientas millas náuticas al suroeste de aquí. –Y después de una larga y razonada pausa–: ¿Está seguro de que quiere quedarse? No me gusta. Esto es una maceta perdida en el océano menos frecuentado del planeta, comparte latitud con los desiertos de la Patagonia. Puedo justificar ante cualquier comisión administrativa que el lugar no reunía las condiciones mínimas. Nadie le recriminará nada. Tiene mi palabra.

¿Debía irme de allí? Todo indicaba una respuesta afirmativa. Pero en estos casos uno se deja llevar por racionalidades escondidas. Me parece que me decidió el sentido del ridículo: no había cruzado medio mundo para renunciar a mi destino justo cuando acababa de alcanzarlo.

–La casa del oficial atmosférico se mantiene en buen estado, tengo provisiones para todo el año y nada impide que cumpla con mis tareas cotidianas. Por lo demás, lo más seguro es que mi predecesor haya sufrido algún accidente estúpido y mortal. Quizás el suicidio, quién sabe. Pero no creo que este hombre sea el responsable. En mi opinión sólo representa un peligro para sí mismo. La soledad lo ha trastocado, y seguramente tiene miedo de que lo acusen de la desaparición de mi colega. Así se explica su conducta.

Dije esto y me sorprendí del magnífico resumen que había hecho de la situación. Sólo había excluido dos aspectos: mis sentimientos y mis presentimientos. El capitán me miró con ojos de cobra. Su cuerpo basculaba muy ligeramente, ya sobre un pie ya sobre el otro, las manos detrás del gabán. No se preocupe por mí, insistí yo. Usted está aquí por un desengaño, estoy seguro, afirmó él. Después de dudar un momento dije quién sabe, y él me contestó sí, claro que sí, ha venido por despecho. Abrió los brazos como un mago que muestra su inocencia; un gesto de jugador que renuncia a la partida, o de médico derrotado. Un gesto que me decía: yo no puedo hacer más, hasta aquí llegaban mis poderes.

Ganamos la playa. Los ochos marineros deseaban oír la orden de regresar al barco. Padecían un nerviosismo epidérmico, sin causa precisa. El senegalés Sow me dio un golpecito de ánimo en la espalda. Era un negro muy calvo y con la barba muy blanca. Me guiñó un ojo y dijo:

–No haga caso de los chicos. Son marineros recién reclutados, provienen de las tierras altas de Escocia. Un cactus de Yucatán conoce mejor los misterios y leyendas del mar que ellos. Ni siquiera son blancos; son rojos. Y como todo el mundo sabe, esta raza vive dominada por supersticiones de taberna. Coma bien, trabaje mucho, mírese al espejo, para recordarse, hable en voz alta, para no perder la costumbre de la palabra, y ocupe su mente con propósitos sencillos. Eso es todo. Bien mirado, ¿qué representa un año de nuestra vida comparado con la paciencia del buen Dios?

Después subieron a las chalupas y cogieron los remos. Los marineros me miraban con una mezcla de compasión y asombro. Me contemplaban como si fueran niños que por primera vez ven un avestruz, o como ciudadanos pacíficos ante una caravana de heridos que vuelven de la guerra. El barco se alejó con una lentitud de tartana. No le saqué los ojos de encima hasta que fue un puntito en el horizonte. En aquel punto que se extinguía había alguna pérdida irreparable. Noté una especie de anilla de hierro comprimiéndome el cránco. No supe si era una manifestación de añoranza civil, una urgencia de presidiario o, simplemente, miedo.

Me quedé todavía un buen rato en la playa. La cala era una media luna muy bien delimitada. A derecha e izquierda rocas de origen volcánico la cerraban; unas piedras puntiagudas, llenas de aristas, agujereadas como quesos y de peso mucho más ligero de lo que sugería su volumen. La arena tenía aspecto de ceniza de incienso, gris y comprimida. Pequeños agujeros redondos descubrían escondrijos de crustáceos. Los arrecifes hacían que las olas llegasen medio muertas; una fina película de espuma blanca señalaba el límite entre el mar y la tierra. La resaca había clavado en la costa docenas de troncos limpios y pulidos. Algunos eran raíces de antiguos árboles abatidos. Las mareas los habían trabajado con rigor de artista, y en ellos se podían admirar esculturas de una rara belleza laberíntica. Por fragmentos, el cielo sufría una triste coloración de plata sucia o, aún más oscuro, de armadura oxidada. El sol no era más que una naranja suspendida a media altura, pequeño y cubierto por nubes perpetuas que filtraban la luz con pesadumbre. Un sol que a causa de la latitud nunca llegaría al cenit. Mi descripción no es fiable. Eso es lo que yo podía ver. Pero el paisaje que un hombre ve, ojos afuera, acostumbra a ser el reflejo de lo que esconde, ojos adentro.

II

Hay ocasiones en que negociamos nuestro futuro con el pasado. Uno se sienta en la roca apartada y hace esfuerzos por conseguir un pacto entre aquello que fue, grandes derrotas, y aquello que todavía ha de venir, auténtica oscuridad. En este sentido confiaba en que la suma de tiempo, reflexión y lejanía hiciera milagros. Sólo eso me había llevado hasta la isla.

Durante el resto de aquella mañana, tan irreal, me dediqué a desembalar, clasificar y ordenar mi equipaje con la mentalidad de un monje laico. Porque, bien mirado, ¿qué iba a ser mi vida en la isla sino la experiencia de un ermitaño empírico? La mayoría de los libros cabía en los estantes legados por mi colega, de quien no se adivinaban más noticias. A continuación venían los sacos de harina, las conservas, la carne en salazón, las cápsulas de éter, para dolores imprevistos, los comprimidos de vitamina C, a millares, indispensables para combatir el escorbuto. Los instrumentos de medición, afortunadamente intactos, los registros de temperatura, dos barómetros de mercurio, tres modulares diacrónicos y el botiquín, muy completo. En cuanto a las curiosidades que me encontré en el baúl 22-E, donde guardaba las cartas y solicitudes, hay que nombrar los esfuerzos de diversas ramas científicas y sociales.

Aprovechando mi estancia en un paraje tan inhóspito, los rusos de la universidad de Kiev me pedían que hiciera un experimento biológico. Por razones que no acabé de entender, la isla ocupaba unas coordenadas ideales para la proliferación de los roedores menores. Lo que me proponían era que criase una raza enana y lanuda de conejos siberianos, muy apta para el clima. Si tenía éxito, los barcos que recalasen allí podrían encontrar carne fresca. Me habían dejado un par de libros al respecto, donde con un gran despliegue gráfico se instruía a los peritos sobre las atenciones que requerían los conejitos peludos. Pero yo no llevaba ninguna jaula ni ningún conejo, ni peludo ni pelado. Recordé, eso sí, la risita del cocinero del barco cada vez que el capitán y yo lo felicitábamos por aquellos estofados, que en el menú figuraban bajo el epígrafe «Conejo ruso con salsa de Kiev».

La sociedad geográfica de Berlín me proporcionaba quince botes llenos de formol. En las instrucciones adjuntas se me encargaba que, por favor, los llenara «con insectos autóctonos de interés, siempre y cuando pertenezcan a la categoría de los *Hidrométridos halobates* y de los *Quironómidos pontomyia*, que no huyen del agua». Con eficiencia típicamente germánica, el bloc de notas venía protegido por una seda impermeable. Por si mi cultura políglota no era lo bastante extensa, las instrucciones estaban redactadas en ocho idiomas, incluidos el finlandés y el turco. Se me advertía, con graves letras góticas, que los botes de formol eran propiedad del Estado alemán y que «los desperfectos parciales o rupturas totales de uno o más envases» serían motivo de la correspondiente sanción administrativa. Para mi tranquilidad, un añadido de última hora me indicaba que, en calidad de colaborador científico, quedaba exento de las sanciones. Por desgracia, en ningún apartado se me especificaba qué aspecto ofrecían los *Hidrométridos halobates* y los *Quironómidos pontomyia*, si eran mariposas o escarabajos, ni cuáles se suponía que debían tener algún interés y por qué.

Una empresa comercial de Lyon, asociada a la compañía naviera, solicitaba mis servicios en el apartado de mineralogenia. Su petición iba acompañaba de un pequeño instrumental de análisis e investigación, así como del manual de instrucciones. Si descubría yacimientos de oro con una pureza superior al sesenta y cinco por ciento, y sólo en ese caso, me agradecerían que se lo comunicara «con la máxima urgencia y celeridad». Naturalmente. Si encontraba una mina de oro no hace falta decir que mi primer reflejo sería desplazarme hasta unas oficinas de Lyon para que levantaran el registro de propiedad. Para acabar, un misionero católico me solicitaba, con caligrafía versallesca, que rellenara con «mucha cautela y paciencia de santo» unos cuestionarios que debían contestar los indígenas locales. «Si los príncipes bantúes de la isla son muy tímidos no se desanime», me aconsejaba. «Predique con el ejemplo y rece un rosario de rodillas. Esto les motivará a seguir la ruta de la fe». Indudablemente el misionero padecía una grave falta de información respecto a mi destino, donde difícilmente podría localizar monarquías o repúblicas bantúes. Y cuando sólo me quedaban dos cajas por abrir, apareció aquel sobre imprevisto, la carta.

Me gustaría decir que la rompí sin leerla. No pude. Días después recordaría el orden de los hechos. ¿Y por qué? Porque aquella estúpida carta me crispó tanto que me olvidé de las dos cajas cerradas. No examiné su contenido y, poco después, esto estuvo a punto de provocar mi asesinato.

Era de mis antiguos correligionarios. Lo que me sulfuró fue que la carta no decía nada. Los autores habían procurado que no apareciera ningún resquicio para la verdad, tampoco ninguna impertinencia añadida. No querían darme razones para el odio, sin darse cuenta de que esta postura era la más odiosa. Pero lo peor era la insistencia y sutileza con que me pedían silencio. Sólo les preocupaba que continuase haciendo, contra ellos y en el futuro, lo que siempre había hecho, con ellos y en el pasado. Insistían en la postura de siempre, que lamentaban mi actitud desertora. Incluso me ofrecían rehabilitarme si decidía volver a casa. ¡Verdaderamente creían que mi despecho era una cuestión de ambiciones personales! Más que una carta, leía un catálogo de mezquindades. Los insulté a nueve mil kilómetros de distancia, sí. Pero yo no era idiota. A pesar de mi efervescencia no maldecía a una gente, sólo los sentimientos que todavía me unían al pasado. No era un recluso de mi islote, tan sólo de mi memoria. Si me encontraba en la isla era a causa de la militancia política, que curiosamente había comenzado con una carta, y ahora, por fin, acababa con otra.

* * *

A los huérfanos irlandeses más afortunados se les ingresaba en la Institución Blacktorne. Inglaterra considera a los huérfanos de Irlanda como un peligro en potencia, carne de cañón de los insurgentes. Blacktorne tenía la misión de convertirnos en proletarios inofensivos y sumisos. Marineros, sobre todo. Oficio sintomático, porque así se expulsaba a los sospechosos de nacimiento, mar adentro, y al mismo tiempo se les recluía en la flota inglesa, presidio flotante. A los alumnos de Blacktorne que manifestábamos más dotes nos permitían cursar estudios de grado medio. Fue mi caso, y me convertí en Técnico de Logística Marítima, un TLM perfectamente mediocre. Eso sí, *first class*, según constaba en el diploma que concedía Su Graciosa Majestad. Para ser sinceros hay que reconocer que los pedagogos de Blacktorne no eran nefastos. Nos enseñaron nociones de oceanografía y de meteorología. Comunicaciones, también. Ésta fue la única ventaja de la ocupación inglesa: por muy católico que me declarase, prefería el morse al latín. Sucedía, sin embargo, que la arrogancia inglesa rompía todos los límites. Cree Inglaterra que puede tratar a los habitantes de sus colonias como si fuesen perros. Con perfidia añadida, exige lealtad a los perros que comen las migas de su mesa. Querían embarcarnos como marineros, mientras Irlanda entera naufragaba. Querían que miráramos el cielo como hombres del tiempo, mientras nos robaban nuestro tiempo y nuestra tierra.

Dos veces por semana me desplazaba de Blacktorne a la ciudad, donde me había inscrito en un cursillo de gaélico. En realidad, las clases no me interesaban demasiado. Eran un subterfugio que me permitía servir de enlace para los republicanos y nunca pasé de las primeras letras. Conmigo venía un chico que se llamaba Tom. Sufría una enfermedad incurable que no le impedía ser el propietario del carácter más alegre del orfanato.

–Soy el tuberculoso más patriota de toda Irlanda –le gustaba decir. Y se reía.

Llevábamos consignas encima. Íbamos en bicicleta y parecíamos lo que éramos, jóvenes estudiantes huérfanos de Blacktorne que se dirigían a las reuniones de un círculo folclórico. A veces nos paraba un control de soldados, que con sus uniformes color caca de oca rompían el verdor del paisaje. Recuerdo muy bien a un sargento con mirada de buey.

–¡Alto! ¡Que el tránsito se enumere! ¿Cuántos malditos irlandeses sois? –se anunciaba, como si no supiera contar hasta dos.

–Nosotros solos –contestaba invariablemente Tom.

Nos revolvían las mochilas de estudiantes y los cuadernos de gaélico, los gorros de lana, incluso los zapatos y los calcetines, tan largos. Nunca encontraban nada. Pero alguien debió de delatarnos. Un día nos presentamos ante el control, y enseguida me olí aires diferentes. Aparte de los soldados y el sargento con cara de buey había un oficial inglés. Más tieso que un palo, con aquellos ojos de un gris transparente y aquella crueldad bajo una voz de seda. Un oficial inglés como todos los oficiales ingleses, vaya.

–¡Alto! ¡Que el tránsito se enumere! ¿Cuántos malditos irlandeses sois? –dijo el sargento de siempre.

–Nosotros solos –dijo Tom.

–No –dijo el oficial–. Vosotros dos y las bicicletas.

Las desguazaron allí mismo. En el interior de una barra de hierro de mi bicicleta encontraron la carta. Sólo era una nota interna de los republicanos, que anunciaba la suspensión de una reunión clandestina. Eso les bastaba.

El juicio fue un espectáculo. Las pelucas, los terciopelos granates del juez, el estrado de caoba, y todo aquello por dos criaturas. Un barroquismo que tenía la función de exculpar al propio tribunal de las sentencias que emitía. Yo tuve mucha suerte, una suerte injusta. El abogado, a sueldo de Blacktorne, alegó que había dos bicicletas y una sola nota. Por tanto, uno de los dos acusados a la fuerza tenía que ser inocente. Más que una línea de defensa era una súplica, una brecha abierta a la benevolencia del juez. Pero tuvo cierto efecto. En aquella época Blacktorne aún era vista como una institución colaboracionista modélica. No querían desprestigiarla sentenciando a sus chiquillos. Al final, y en lo que a mí respecta, el juez sólo quería una humillación pública: me preguntó qué tenía que decir sobre la cuestión irlandesa. Con eso me empujaba a la apostasía.

–Tengo la firme convicción de que Irlanda e Inglaterra estarán unidas hasta el fin de los tiempos por las mismas líneas isobáricas.

–¿Lo ve, señoría? –improvisó el abogado–. Un magnífico estudiante de Blacktorne, futuro Técnico de Logística Marítima. No deberíamos permitir que una arrogancia de juventud trunque su carrera.

Tom aún fue más contundente:

–Yo creo, señoría, que ni las líneas isobáricas podrán mantener a Irlanda unida a Inglaterra.

Y el abogado no tuvo más remedio que alegar, vacuamente, que Tom estaba enfermo. A mí me condenaron a una multa, pura represalia. A Tom lo condenaron a dos años en el presidio de Deburgh, donde moriría de una complicación pulmonar. Esto es típico de las tiranías civilizadas. Primero se amenaza a dos hombres justos con la hoguera, acto seguido se libera a uno, y así puede simularse una indulgencia que no existe. Pero lo que siempre recordaré de aquel juicio es la actitud de Tom. Se declaró propietario de la bicicleta. O sea, culpable. Aunque sabía que el presidio lo mataría, después de la audiencia estaba furioso conmigo. ¿Y por qué? Porque con mi respuesta de papanatas me había arriesgado a provocar la intemperancia del juez y a hacer inútil su sacrificio.

Soy el patriota más tuberculoso de toda Irlanda –proclamó el día antes del juicio, alterando su frase habitual. Él era un enfermo crónico y yo sería más útil a la causa. Este razonamiento empírico no admitía discusiones. Su cuerpo sólo era la vanguardia de una causa y, por tanto, sacrificable. Tom, como tantos otros, consideraba su destino personal como un arma: sólo hacía falta apuntarlo bien. Y en nuestra época la generosidad era una bala más. Miro con perspectiva y veo dos polluelos con los ojos todavía velados. Pero los buenos activistas han de tener el defecto de la puerilidad. Teníamos diecinueve años.

Cuando salí del Blacktorne aún no era mayor de edad y me adjudicaron un tutor civil. Generalmente, los tutores eran de familias pobres, cuyo único interés era el subsidio que proporcionaba la administración a cambio de alojar al chico hasta que se emancipara. De nuevo me sonrió la suerte. Podía afrontar la vida con el título de TLM, sí, pero sin aquel tutor nunca habría pasado de ser un chico de Blacktorne.

Era un individuo bastante curioso; francmasón, astrónomo, buen traductor del ruso y poeta malísimo. Desde el primer día se dio cuenta del carácter rebelde que anidaba en mí. Y todos sus esfuerzos fueron dirigidos, sutilmente, a impedir que un día me enrolara en el ejército republicano. ¿Por colaboracionismo? No. Era uno de esos patriotas silenciosos, también uno de esos hombres para quienes la violencia es una especie de sacrilegio civil.

Se negó a que buscara trabajo hasta que acabase un programa de estudios elaborado por él mismo. Entre los ejercicios que me imponía había algunos curiosos y otros muy curiosos. En las redacciones de tema político eran frecuentes títulos como «Bases de la estupidez humana que justifican el poder político de los césares, de los zares, de los káiser y del parlamentarismo británico» o «Dé seis motivos por los cuales los belgas no se merecen un Estado y seis motivos por los cuales los quebequeses se merecen un Estado, y a la inversa» o «Contraste la historia del imperio del Monomotapa con una castaña». Pero nunca hablaba directamente de Irlanda.

No todas las pruebas se resolvían por escrito, la mayoría eran prácticas solitarias. Había una, por ejemplo, que consistía en sentarme en medio de un prado durante seis minutos y treinta segundos exactos. Durante este lapso de tiempo mi único deber era anotar todas las formas de vida que existiesen en un pequeño rectángulo, cuidadosamente delimitado por cintas e hilos. Al principio sólo veía hierba, pero poco a poco apareció una gama increíble de insectos trepadores, voladores y subterráneos. Todo vivía, el viento también, y todo manifestaba una unidad poco descriptible con palabras. Las de mi tutor aquel día: «Han sido seis minutos y treinta segundos, imagínese el segundo treinta y uno por escrito». Título de la redacción: «Elementos contingentes del rectángulo observado». Nunca suspendía, si no lo superaba tan sólo me obligaba a repetir el ejercicio. Eso sí, hasta el infinito, si era necesario. Aquella redacción me costó tres meses. La repetí, y la volví a repetir, hasta que un buen día me limité a escribir: «El único elemento contingente del rectángulo es el rectángulo».

Después, las malas hierbas del rectángulo. Tenía que limpiarlo cuidadosamente. Me mandó que separase las malas hierbas de las plantas beneficiosas. Como yo no conocía ninguna, me veía obligado a consultárselo antes de arrancarlas. Ésta no es una mala hierba, decía de algunas, se pueden hervir las hojas y hacer infusiones. Ésta tampoco, decía de otras, son espárragos silvestres y, por tanto, comestibles, es más, exquisitos. Ésta tampoco, ¿cómo va a ser una mala hierba si en mayo saca unas flores bellísimas?

Al final sólo quedaba una planta. No tenía ninguna utilidad, no escondía ningún secreto. Unas hojas oscuras, puntiagudas y tóxicas, un tallo duro y feo. Él suspiró: de acuerdo, planta pésima, pero si la arrancamos, ¿qué sentido tendrían las demás? Ninguno, dije yo. ¿Y pues, a qué conclusión llegamos? Que las malas hierbas no existen. Considere aprobado el ejercicio.

Otras pruebas: seguir a un individuo cualquiera, escogido por el alumno, durante dos días enteros y anotar todas y cada una de sus palabras, opiniones, posturas, actitudes, intimidades, etcétera. Con malicia infantil, lo escogí a él, que no protestó, y al final me exigió que hiciera una valoración crítica del individuo. Yo dije que cuando conocías a alguien con profundidad era imposible ejercer de juez. «Considere superado el ejercicio», fue la respuesta.

Todo lo que me enseñó es que en este mundo hay dos tipos de actitudes: optar por la vida y optar por la muerte. Un hombre podía ser el más humilde de los carboneros, y escoger la vida; otro podía ser el literato más famoso de su patria y de su época y escoger la vía de la muerte. No importaba. Recuerdo que se murió tres días después de que yo conquistara la mayoría de edad legal. Se despidió de mí en el lecho de muerte, con la flema de quien se retira de un negocio fructífero. Me hablaba de la enfermedad que lo consumía como un crítico que comenta obras de arte ajenas.

–Hábleme un poco de sus proyectos de futuro, amigo mío –concluyó.

–¿Cómo puede hablarme de estas cosas cuando se está muriendo? –le recriminé, llorando a lágrima viva.

–¿Y a usted qué le hace suponer que la gente como yo se muere? –me espetó.

En cierta manera los esfuerzos de aquel hombre fueron doblemente inútiles. Todas las lecturas que me hacía compaginar con los ejercicios, que tenían por finalidad protegerme de la rudeza del mundo, añadieron sensibilidad a una piel de por sí demasiado fina. No fue culpa suya. Gracias a él ya no era el joven que había salido de Blacktorne. Pero Irlanda continuaba siendo la misma, un factor fuera de su alcance. ¿De qué sirve que el más lúcido de los hombres señale el sol de noche? Su pedagogía iba en dirección contraria a la realidad. Así que abracé la causa republicana con todo el amor que Tom había dejado vacante.

Al movimiento republicano le sobraban brazos y le faltaban cerebros. Por joven que fuera, yo tenía estudios, también una estrambótica cultura humanística. La dirección prefirió que me dedicara a la logística antes que al combate directo. Siempre he creído que los destinos más dramáticos los escribe la ironía: el Técnico Logístico Marítimo de Blacktorne, TLM *first class*, se convirtió en un Técnico Logístico Subversivo, un TLS nada mediocre, por cierto. Pronto entré en el mundo de los clandestinos. Durante los años siguientes los ingleses ofrecieron una recompensa por cualquier pista que permitiera mi captura. Primero me cotizaron en diez libras. Después fueron quince. Después treinta y cinco libras y quince chelines exactamente –la meticulosidad contable de los ingleses puede ser muy sofisticada–, y por último cuarenta y cinco. Lástima. Nunca ingresé en el restringido club de los jefes que valían más de cincuenta libras. Supongo que no me lo merecía. Yo no era ni un ideólogo ni un general. Sólo un enlace, a medio camino entre los dirigentes y los combatientes desperdigados por todo el país. Pero a esas alturas mi posición era muy peligrosa. A veces huíamos de las granjas un minuto antes de que llegaran los ingleses, por la ventana del pajar y a toda prisa. Una tarde incluso nos tirotearon cuando ya nos perdíamos por el horizonte. Nos persiguieron toda la noche. Benditos antepasados de la vieja Irlanda, que un día construyeron los muros de piedra que llenan su paisaje: detrás de ellos me refugié y por sus laberintos me perdí. Esto demuestra que en las guerras luchan las fuerzas del presente y las del pasado.

Como buenos irlandeses, después de cada derrota nos dedicábamos a preparar, con entusiasmo, la siguiente derrota. Y sin embargo fue esta insistencia de termitas lo que acabó robándole el aliento al enemigo. Hubo un día feliz. Un día que, paseando por Dublín, comprendí que ya no vestía el uniforme de camuflaje sino, sencillamente, de paisano. La diferencia no estaba en la ropa, la diferencia era que ya no tenía miedo. Los ingleses se retiraban.

He dicho que hubo un día feliz y sólo uno. Muy pronto se me apareció un mundo desolador. Nuestros dirigentes gobernaban con un despotismo simétrico al de los ingleses. Estas revelaciones no estallan de golpe, nos negamos a aceptarlas y se imponen lentamente. Pero en definitiva, ¿qué diferencia había entre el palacio de Buckingham y las reuniones del nuevo gobierno? Ejercían el poder con criterios tan prácticos, despóticos e inhumanos como los de cualquier general inglés. No hacían más que mantener el orden que tanto habían repudiado. Para ellos Irlanda no era la finalidad, era el argumento para alcanzar el gobierno. Pero aquí topábamos con una grave contradicción: Tom, el sacrificio de Tom, de todos los Tom.

Nuestra patria no era una geografía, era una idea de futuro. Nuestro patriotismo no creía que los hombres y mujeres irlandeses fuesen mejores que los hombres y mujeres ingleses. O que las patatas irlandesas fuesen mejores que las patatas inglesas. No. A la perversidad del imperio inglés, nosotros habíamos opuesto una generosidad sin límites. Los soldados enemigos no pasaban de ser cartuchos humanos, dirigidos por los intereses más oscuros del planeta. Nosotros luchábamos con una conciencia superior de la libertad. Por tanto, la expulsión inglesa debía ser el prólogo de un mundo diferente, más amable, más equitativo. En cambio, los dirigentes de la nueva Irlanda se limitaban a reemplazar los nombres de los ocupantes por los suyos. Cambiaron los colores de la opresión, nada más. Era un delirio obsceno: los ingleses aún estaban evacuando Irlanda y el nuevo gobierno ya disparaba contra sus viejos camaradas.

¿Cómo era posible, me preguntaba a mí mismo, que después de décadas, de siglos de guerra contra Inglaterra, aprovecháramos el primer soplo de libertad para matarnos los unos a los otros? ¿Dónde se escondía aquella inmensa capacidad humana de traicionar los principios más elementales? Rechacé un pequeño cargo en la nueva administración. Yo no había luchado contra esa entidad omnipotente que es el imperio británico para suplirla con una réplica diminuta. Tampoco podía alistarme en las filas de los nuevos rebeldes. Una guerra civil no es una causa, es un desastre: por increíble que parezca, un año después de que Inglaterra evacuara el país ya habían muerto más irlandeses que en toda la última guerra.

Nadie pensaba en disfrutar de la paz, ni el nuevo gobierno ni los viejos rebeldes. De repente, aquellos por quienes habría dado la vida se convirtieron en unos absolutos desconocidos. Antes los hombres escondían armas, ahora las armas escondían hombres. Lo más insoportable fue constatar la enorme distancia que me separaba de aquellos a quienes había creído tan cerca. No podía odiarlos. Era peor: sencillamente no podía comprenderlos. Era como si hablara con selenitas. Mi patria nunca había sido mía. Y ahora que podía serlo, me sentía en ella como un extranjero. Una noche de insomnio me acordé de Tom. ¿Qué habría hecho él? ¿Pensaría como yo? ¿Continuaría la rebelión o tal vez se adheriría al nuevo gobierno? Por la mañana sólo había llegado a una conclusión: Tom estaba muerto.

Yo no abandoné una causa; puede afirmarse que la causa me abandonó a mí. En mi interior murió algo más que una simple creencia. Había perdido todos los significados de la palabra esperanza. En efecto: la historia de Irlanda siempre ha sido la historia de una revuelta, la revuelta justa por excelencia. Y si la causa irlandesa había fracasado, tan nítida, ninguna otra prosperaría. Todo demostraba que los hombres son esclavos de una mecánica invisible, pero destinada a reproducirse.

A partir de aquí sólo me quedaba una pregunta por responder: ¿quería quedarme en un mundo dirigido por espirales de violencia que perpetuaban la infelicidad de todos los hombres? Mi respuesta era que no, nunca más y en ningún lugar, y por tanto opté por escaparme a un mundo sin hombres. Ya no era un prófugo de la ley. Ahora huía de algo más grande, mucho más grande.

* * *

De Irlanda pasé al continente. No sabía muy bien adónde iba, sólo de dónde venía. De Francia a Bélgica y de allí a Holanda, con la remota idea de errar eternamente sin finalidad ni destino. Nunca pensé que mi título de TLM pudiera servirme para algo.

En Amsterdam tenía su sede una corporación naviera internacional. Reclutaban personal marítimo para todo tipo de destinos de ultramar. Me inscribí en una lista muy larga, pero mi título de TLM y la falta de candidatos abreviaron la espera.

El encargado de personal era un holandés de mofletes rojos por donde corrían venitas de color violeta. Tenían que cubrir, con urgencia, una plaza de oficial atmosférico. ¿Dónde? Al principio el hombre esquivaba la pregunta. Y a medida que la entrevista avanzaba, advertí que no tenía que demostrarle mi idoneidad, que mi interlocutor se esforzaba en venderme la plaza. Finalmente señaló la isla con una uña de cristal rosa que entraba mucho en la carne del dedo. Creí que la uña cometía un error: yo no veía nada, ninguna superficie dibujada, ninguna mancha, por pequeña que fuese. Pero era el mapa del Atlántico sur a la escala mayor que tenían. Me fijé mejor. La isla se situaba en un cruce de coordenadas. Por eso no podía verla: era tan pequeña que los límites de la latitud y la longitud la escondían bajo la intersección de tinta.

–¿Y es muy numeroso, el equipo técnico que reside allí? –pregunté.

–No tendrá demasiada vida social –dijo el encargado.

Mi única exigencia fue que mi nombre no constase en ningún registro. Lo había aceptado antes de que acabase de hablar. Cuando vio mi firma estampada en el contrato no pudo disimular su alegría. Él creía que me engañaba.

III

Después de leer la carta no tenía ánimo para seguir abriendo paquetes. Me senté en un taburete de madera como quien viene de recorrer una gran distancia. ¿Qué podía hacer? Mal momento para el desánimo. La tristeza no se resuelve con quietudes, de modo que opté por movilizar energías. Pensé que estaría bien acercarme al faro. Si no me reconciliaba con el encargado, como mínimo haría ejercicio y ahuyentaría recuerdos. Podía ser que la enajenación de aquel individuo fuese sólo un aturdimiento pasajero. Estaba dispuesto a disculparlo. El capitán se había introducido en su casa sin demasiados miramientos y con la arrogancia de un gallo. Y le habíamos sorprendido durmiendo. Pero un farero diligente duerme de día y trabaja de noche, vigilando la constancia de las luces. Nosotros estábamos acostumbrados al contacto humano del barco, promiscuo y casi obsceno. Él no. Imaginemos su sorpresa al ver aparecer a dos desconocidos allí, en el fin del mundo.

Toda la vitalidad de la isla se resumía en el bosque. Pero cuanto más caminaba por el interior de aquella vegetación, más la asociaba a un tipo de vida en estado latente, accidental, miedosa y estéril. Los matorrales, por ejemplo, proyectaban unas ramas gruesas y en apariencia sólidas. Al doblarlas se rompían como zanahorias. Un día llegaría el invierno y la nieve reventaría los árboles a martillazos. Aquel bosque hacía pensar en un ejército que firma la derrota antes de la batalla. A medio camino, sin embargo, me detuve al ver una gran losa de mármol, de la que salía un sencillo caño de bronce. La losa se alzaba contra una pared natural, enmarcada en musgo negro. Era un buen lugar, porque a falta de más elevaciones allí se concentraba una pequeña cuenca hidráulica. Un chorro de agua brotaba ininterrumpidamente del tubo. El chorrito caía sobre un gran cubo de hierro. Se desbordaba. Otro, vacío, esperaba a su lado. Comprendí que me hallaba ante la fuente que proveía al faro de agua potable.

Es curioso de qué manera seleccionamos los objetos en que se posa nuestra mirada. En mi primer paseo, con el capitán, la fuente me pasó desapercibida. No nos habíamos fijado en ella porque buscábamos signos superiores. Pero ahora yo estaba solo, completamente solo, y un tubo de bronce que vomitaba agua era objeto de gran interés. Me acerqué y por encima del tubo vi una inscripción con letras irregulares. Decía lo siguiente:

BATÍS CAFFÓ VIVE AQUÍ.
BATÍS CAFFÓ HIZO ESTA FUENTE.

BATÍS CAFFÓ ESCRIBIÓ ESTO.
BATÍS CAFFÓ SABE DEFENDERSE.
BATÍS CAFFÓ DOMINA LOS OCÉANOS.
BATÍS CAFFÓ TIENE AQUELLO QUE QUIERE Y SÓLO QUIERE AQUELLO QUE TIENE.
BATÍS CAFFÓ ES BATÍS CAFFÓ Y BATÍS CAFFÓ ES BATÍS CAFFÓ.

Lo lamenté. Adiós esperanzas de concordia. Aquella lápida me estaba hablando de una mente tan fragmentada como irrecuperable. Pero no tenía nada mejor que hacer y seguí el camino que me llevaba al faro. Una vez al pie de la construcción, me encontré la puerta cerrada. Hola, hola, grité, imitando al capitán.

Nadie me contestó; el único ruido que me llegaba era el de las olas rompiendo contra la costa. Pensé en las inscripciones de la fuente. Se me ocurrió que debía de ser un hombre presuntuoso, porque todas las frases inscritas empezaban con su nombre. Fuese porque lo dominaba una personalidad raquítica, o por una aguda egolatría –defectos que acostumbran a converger–, la cuestión era que necesitaba reafirmar su identidad. Mi invocación se hizo más estratégica, reiterando muchas veces su nombre:

–¡Batís! ¡Batís! –grité, haciendo bocina con las manos–. ¡Batís! ¡Batís! ¡Hola, Batís! Por favor, abra. Soy el oficial atmosférico.

Sin respuesta. Unos seis o siete metros por encima de la puerta estaba el balcón. Yo lo miraba con la esperanza de que apareciera su figura. Como no fue así, la observación continua hizo que me fijase en otras cosas. Vi, por ejemplo, que en la base del balcón habían añadido maderas. En mi anterior visita había pensado en una especie de andamio rudimentario. Me equivocaba. No tenían la misma forma que los soportes de hierro originales, que formaban triángulo con la pared y los pies del balcón. Eran estacas muy puntiagudas. De hecho, todo el balcón estaba rodeado por aquella obra, que lo convertía en un erizo artesanal. Soplaba viento y oí un sonido como de chatarra en contacto. La zona del faro más próxima al suelo estaba llena de cuerdas fijadas a la pared por unos grandes clavos. Colgando de las cuerdas, latas vacías, a menudo en pareja. El viento hacía que repicasen entre sí y contra las paredes con un efecto de cencerros de vaca. Más detalles incomprensibles: las junturas de las piedras se habían rellenado con clavos con la punta hacia fuera. Clavos y cristales rotos, una infinidad de cristales. Nuestro sol hacía que refulgiesen con reflejos azules y rojos. Un poco más arriba desaparecían los cristales y los clavos. Hasta allí donde llegaría un hombre encaramado a una escalera mediana, las piedras de la pared habían sido unidas con una argamasa improvisada, suturándolas, de modo que adquirían la consistencia de una muralla inca. No cabría ni la uña de un bebé. Rodeé el faro: toda la obra estaba protegida por aquellos trabajos absurdos. Cuando volvía a situarme delante de la puerta vi a Batís Caffó, en el balcón. Me apuntaba con una escopeta de dos cañones. A pesar del desconcierto inicial no me dejé intimidar:

–Hola, Batís. ¿Se acuerda de mí? –dije–. Desearía hablar con usted. Después de todo somos vecinos. Curiosa vecindad, ¿no le parece?

–Si se acerca dispararé.

Mi experiencia era que cuando un hombre pretende matar a otro no lo amenaza, y que cuando lo amenaza es que no pretende matarlo.

–Sea razonable, Batís –insistí–; una palabra cordial...

No contestó, sólo me apuntaba fijamente desde su balcón.

–¿Hasta cuándo tiene contrato? –dije, por decir algo–. ¿Espera pronto a su relevo?

–Lárguese o lo mataré.

También tenía la convicción de que cuando un hombre no quiere hablar sólo puede obligarlo a ello la tortura. Y yo no era un torturador. Me encogí de hombros y me marché, sin prisa. Cuando volvía a entrar en el bosque me giré: aún estaba en el balcón, las piernas separadas y manteniendo la postura de tirador alpino. Incluso cerraba el ojo izquierdo.

* * *

El resto de la jornada apenas tiene importancia. Acabé de arreglar la casa. Me invadió una emoción extraña. Me mordí el labio inferior hasta que sangró, sin conciencia de lo que hacía. Medio borracho medio sobrio, medio triste medio alegre, encendí la chimenea. Fumaba y tiraba las colillas al fuego. Infinidad de poetas hablan de la añoranza de la patria. Yo nunca he sabido apreciar el arte poético. Pienso que el dolor es un estado previo al lenguaje, y que por tanto cualquier esfuerzo en esta dirección es inútil. Y ya no tenía patria.

Alimentaba las reflexiones de la melancolía cuando llegaron las tinieblas. En aquellas regiones del mundo la noche no se anunciaba, conquistaba por asalto. Un sobresalto: las semioscuridades de mi residencia se iluminaron, de golpe, con un resplandor de luz blanca, que acto seguido desapareció. Era el faro. Batís lo había encendido, el foco iniciaba sus giros y con cada intermitencia entraba por mis ventanas. No acababa de entenderlo. El faro me enfocaba directamente. Eso quería decir que su ángulo era muy bajo, y que de poco habría de servir a los barcos más lejanos. Qué hombre más huraño, pensé. Podía asumir, por ejemplo, que hubiera llegado a la isla en busca de soledad. Pero en ese caso su ejercicio de la soledad era muy diferente. Desde mi punto de vista la auténtica soledad era interna y no excluía el contacto amable con los vecinos ocasionales. Él, en cambio, optaba por tratar a todos los hombres como leprosos. Fuese como fuese, en aquellos momentos las rarezas de Batís me interesaban muy poco.

Recuerdo que encendí un quinqué de petróleo. Me senté a la mesa y planifiqué mi horario. Así estaba. Al fondo, la chimenea; yo y la mesa en la parte opuesta de la habitación. A mi derecha la puerta de la casa y mi cama, muy similar a la del camarote de la nave. En la otra pared, cajas y baúles, todo muy sencillo. Poco después oí un ruido gracioso y remoto. Más o menos como si escucháramos el trote de un pequeño rebaño de cabras en la lejanía. Al principio lo confundí con rumor de lluvia, un ruido de gotas gruesas y solitarias. Me levanté y miré por la ventana más cercana. No llovía. La luna llena manchaba de purpurina la superficie del mar. La luz caía sobre los troncos clavados en la playa. Fácilmente podía imaginar miembros humanos, estáticos; el conjunto recordaba un bosque de piedra. Pero no llovía. Me desentendí del asunto y me senté de nuevo. Y entonces vi aquello. Lo vi. La locura me ha robado los ojos, recuerdo que pensé.

En la parte inferior de la puerta había una especie de gatera. Un agujero redondo sobre el cual descansaba una pequeña trampilla móvil. El brazo entraba por allá dentro. Un brazo entero, desnudo, larguísimo. Con movimientos de epiléptico, buscaba algo por el interior. ¿Tal vez el pomo? No era un brazo humano. A pesar de que el quinqué y el fuego no me ofrecían una luz demasiado intensa, en el codo podían apreciarse tres huesos, muy pequeños y más puntiagudos que los nuestros. Ni un gramo de grasa, musculatura pura, piel de tiburón. Pero lo peor de todo era la mano. Los dedos estaban unidos por una membrana que casi llegaba hasta las uñas.

Al desconcierto le sucedió una ola de pánico. Grité de espanto al mismo tiempo que saltaba de la silla. Al oírme, un conjunto de voces me replicaron. Estaban por todas partes. Rodeaban la casa y gritaban con tonos insólitos, una mezcla de bramidos de hipopótamos y chillidos de hiena. Tenía tanto miedo que mi propio terror no me resultaba creíble. Miré por otra ventana con la mente en blanco.

Más que verlos podía intuirlos. Eran un palmo más altos que yo y más delgados. Corrían por los alrededores de la casa. Tenían una agilidad de gacela. La luna llena recortaba sus perfiles. Tan pronto como mis ojos los detectaban, huían del limitado ángulo visual que me ofrecía la ventana. Uno de ellos se detiene, mueve la cabeza con vivacidad de colibrí, chilla, corre, regresa, se le suman un par más y cambian de dirección, quién sabe por qué, y todo ello a una velocidad de relámpago. Detrás de mí oí un estallido: habían roto los cristales de la ventana opuesta. ¡Por san Patricio, entraban en la casa! Sólo me salvaron sus descontrolados instintos. La ventana era un rectángulo pequeño, pero toleraría el paso de un cuerpo mínimamente hábil. No obstante, la ansiedad los llevaba a precipitarse, todos querían saltar hacia adentro y multiplicaban el atasco. El faro iluminó la escena. Un lapso mínimo, un horror absoluto. Seis, siete brazos moviéndose como tentáculos, detrás de los cuales ululaban caras de un inframundo de batracios, ojos como huevos, pupilas como agujas, agujeros en lugar de ventanillas, sin cejas, sin labios, la boca grande.

Actué más con el instinto que con la razón. De la chimenea cogí un leño grande, me dirigí a la ventana y, con un grito, golpeé aquellos brazos que se sacudían. Saltaron chispas, sangre azul, aullidos de dolor y trozos de madera quemada. Al retirarse el último brazo, lancé el leño afuera. Las ventanas tenían puertas interiores. Quería cerrarla y atrancarla, pero la última garra aprovechó para atraparme el cuello. A mí mismo me sorprende la presencia de ánimo que tuve. En lugar de combatir las muñecas del monstruo, mi reacción fue cogerle un dedo. Se lo doblé hasta romperle el hueso.

Doy un salto hacia atrás. Con un saco vacío recojo las brasas de la chimenea y las lanzo contra la ventana. Esa lluvia provoca unas maldiciones invisibles, y en la pausa que sigue cierro la puerta interior de madera tan deprisa como me es posible.

Aún quedaban tres ventanas, todas con las puertas interiores abiertas. En este punto se produjo otra carrera mortal. Yo saltaba de una ventana a otra, cerrando las puertecitas y poniendo la tranca. Ellos, de alguna forma, comprendían la situación e iban rodeando la casa por fuera, hasta la siguiente ventana. Podía seguir su trayectoria por las voces, más excitadas que nunca. Por fortuna yo llegaba antes. Cuando cerré la última, la decepción se hizo tangible con un lamento largo y estremecedor, un aullido simultáneo de diez, once, doce gargantas, no lo sé, el miedo afecta al cálculo.

Seguían allí fuera. Desesperado, intentando decidir qué había que hacer, busqué algún arma. El hacha, el hacha, el hacha, me indicaba mi cerebro. Pero no la veía, no tenía tiempo para buscarla y me conformé con una pala. Ahora los monstruos golpeaban en tropel una ventana. La madera temblaba pero la tranca era sólida. Y no les guiaba ninguna táctica en especial, atacaban sin orden ni concierto. En aquellas condiciones ni siquiera podía defenderme, sólo podía esperar quién sabe qué. Me acordé del brazo de la gatera: seguía allí. Una visión que me llevó al borde del colapso nervioso. Con toda la tensión acumulada, con una furia de la que nunca me hubiera creído capaz, me precipité contra aquel miembro horrible. Lo agredí como si la pala fuese una porra, después lo ataqué con el filo, para cortarlo, pero incluso así se resistía. Al final debí de seccionarle una vena gruesa, porque la sangre salió a presión y el brazo se retiró con la presteza de un lagarto.

Oí los lamentos del monstruo medio mutilado. Sus compañeros también lloraban. Los golpes contra la ventana cesaron. Un silencio. El peor de los silencios que he escuchado nunca. Yo sabía, me constaba, que estaban allí fuera. De repente, todos juntos, empezaron a emitir unos gañidos en sintonía. Maullaban, exactamente igual que gatitos reclamando la presencia de la madre. Unos maullidos cortos y dulces, tristes, desamparados. Era como si me dijesen sal, sal, todo ha sido un malentendido, no queremos hacerte ningún daño. No les importaba ser creíbles, tan sólo fomentar el espanto. No podía haber mayor contraste entre las voces y sus pretensiones. Hacían los miau, tan lánguidos, y acompañaban la falacia con alborotos esporádicos contra la puerta, o las ventanas atrancadas. No les escuches, por el amor de Dios, no les escuches, me dije. Reforcé la puerta con baúles. Eché más troncos al fuego, por si se les ocurría forzar la chimenea. Yo miraba con inquietud el techo. Estaba recubierto con placas de pizarra. Si se lo proponían, podrían destruirlo e infiltrarse. Pero no hicieron ni lo uno ni lo otro. Durante toda la noche estuvo la luz del faro, monótono, filtrándose por las grietas de la casa con cada giro. Unos rayos delgados y largos, que iban y venían con precisión de relojería. Durante toda la noche estuvieron atacando, ahora una ventana, ahora la puerta, y con cada nuevo ataque creía que algún acceso iba a ceder. Después, un largo silencio.

El faro se había apagado. Con mil precauciones abrí una ventana. No estaban. Por el horizonte se extendía una delicada franja violeta y naranja. Me dejé caer al suelo como un saco, aunque con la pala en las manos. Dentro de mí pugnaban dos o tres sentimientos nuevos y desconocidos. Un rato después se hacía visible un pequeño sol que flotaba sobre las aguas. Una vela en la oscuridad calentaría más que aquel astro sometido al velo de las nubes. Pero era el sol. En aquellas latitudes australes el verano tenía unas noches extraordinariamente cortas. Había sido, sin duda, la más corta de mi vida. A mí me había parecido la más larga.

IV

De mis días de activista había aprendido un método: la mejor manera de combatir el sentimentalismo y la desesperanza consiste, sin duda ninguna, en enfocar el problema desde sus aspectos técnicos. Me hice el siguiente razonamiento: estás muerto. Te encuentras en un islote frío y solitario, a distancias inconcebibles de cualquier auxilio. Estás muerto, estás muerto, me repetí en voz alta mientras liaba un cigarrillo. Ésta es tu situación actual: estás muerto. Por tanto, si no sales de ésta, no habrás perdido nada. Pero si consigues salvarte lo habrás ganado todo: tu vida.

No deberíamos despreciar la fortaleza de los pensamientos solitarios. El cigarrillo que me fumaba se convirtió, por arte de magia, en el mejor tabaco del mundo. Y aquel humo que salía de mis pulmones era la firma de quien se resigna a combatir en unas Termópilas. Estaba agotado, sí, pero el cansancio se había desvanecido. Ya no sufría cansancio, el cansancio me sufría a mí. Mientras estuviese cansado, mientras los párpados me cayeran con peso de plomo, estaría vivo. Ya no me importaban los móviles que me habían llevado hasta aquel rincón remoto. No tenía pasado, no tenía futuro. Estaba en el fin del mundo, estaba en medio de la nada, estaba lejos de todo. Después de fumarme aquel cigarrillo estaba infinitamente lejos de mí mismo.

Respecto a la situación objetiva, no me hacía ilusiones. Para empezar yo no sabía nada de los monstruos. Así que, tal como sugerían los manuales militares, tenía que prever la campaña desde las peores expectativas. ¿Atacarían de día y de noche? ¿Siempre? ¿Organizados en manada? ¿Con perseverancia anárquica? ¿Cuánto tiempo podría resistir con mis limitados recursos, solo y contra una turba? Evidentemente, muy poco. Batís había logrado sobrevivir, cierto. Pero él contaba con una experiencia que yo no tenía. Y con el faro, una fortificación natural: cuanto más me miraba la casita, más miserable me parecía. Sólo se me imponía una conclusión segura: no hacía falta preguntar por el destino de mi predecesor.

Fuese como fuese, no me quedaba más remedio que establecer algún tipo de defensa organizada. Si Batís disponía de un fortín vertical, yo rodearía la casa con una trinchera. Aquello impediría que se acercaran a los accesos. Pero mi problema era de tiempo y de energías: para un hombre solo, cavar aquella superficie requería grandes esfuerzos de zapa. Por otra parte, los monstruos tenían una agilidad de pantera –lo había visto–, el foso tendría que ser ancho y profundo. Y yo estaba agotado, desde mi llegada a la isla no había disfrutado ni de una hora de sueño. Además, si constantemente trabajaba y me defendía, no tendría tiempo ni para un reposo minúsculo. Me enfrentaba a un dilema simplísimo: o morir a manos de los monstruos o morir enloquecido por la fatiga, física y mental. No había que ser un genio para comprender que los dos destinos convergían. Decidí simplificar al máximo los trabajos. De momento me limitaría a crear grandes agujeros bajo las ventanas y la puerta. Tenía que confiar en que aquello fuese suficiente. Excavé unos semicírculos, y después clavé en el fondo estacas afiladas con el cuchillo. Muchos de aquellos troncos los había sacado de la playa. Mientras los recogía, muy cerca del agua, tuve una idea lógica. Por sus formas, por sus manos membranosas, todo indicaba que los monstruos provenían de las profundidades oceánicas. En ese caso, me dije, el fuego será un arma primitiva pero muy útil. La teoría de los elementos opuestos, en efecto. Y si es sabido el rechazo instintivo que las fieras experimentan hacia el fuego, ¿cómo no iba a obtener buenos resultados con animales anfibios?

Para reforzar mis defensas hice pilas de leña, también con mis libros. La llama del papel dura menos pero es más intensa. Tal vez así, me dije, lograría una sorpresa fulminante. ¡Adiós Chateaubriand! ¡Adiós Goethe, adiós Aristóteles, Rilke y Stevenson! ¡Adiós Marx, Laforgue y Saint-Simon! ¡Adiós Milton, Voltaire, Rousseau, Góngora y Cervantes! Apreciados amigos, se os venera, pero que la admiración no se mezcle con la necesidad: sois contingentes. Sonreí por primera vez desde que se había iniciado el drama, porque mientras formaba las pilas, mientras las rociaba con petróleo y hacía un reguero para unirlas a la futura pira, mientras efectuaba estas operaciones, descubrí que una sola vida, justamente la mía, valía más que las obras de todos los genios, filósofos y literatos de la humanidad entera.

Finalmente, la puerta. Si excavaba la entrada y la empalaba me encontraría con un problema obvio, es decir, que me cerraría el paso a mí mismo. Por tanto, y antes de nada, me dediqué a construir una plancha de madera, que me serviría para tenderla como un puente sobre el agujero. Pero a esas alturas ya no podía más, llegaba al límite. Había perforado la superficie que se extendía al pie de las ventanas, había recogido maderos, los había convertido en lanzas y los había clavado. En una segunda línea de defensa, más alejada, había hecho las pilas de madera y libros, las había unido con una mecha de petróleo. El sol declinaba. Podrá juzgarse mi criterio, pero en ningún caso mi instinto: llegaba la noche y yo sabía, por alguna fuente atávica, que la oscuridad es el imperio de los carniceros. Despierta, despierta, me decía en voz alta, no te duermas. Como no tenía demasiada agua me salpiqué la cara con ginebra fría. Después, un tiempo muerto. No pasaba nada y me curé las ampollas de las manos, que me habían salido cuando cogía brasas, y los arañazos del cuello, obra de las garras asesinas. El hoyo de la puerta no estaba acabado. Era lo que menos me preocupaba. Con los baúles del equipaje construí una sólida barricada.

Antes he dicho que la carta de mis superiores estuvo a punto de matarme. Es una manera de enfocarlo. Aquella carta fue el motivo por el que no llegué a abrir un par de cajas. Pero lo hice en ese momento, más que nada porque temía que me fallaran las fuerzas si me relajaba. Y estoy convencido de que nunca nadie, en ningún lugar, ha experimentado tanta alegría al abrir un rectángulo de madera. Levanté la tapa, rasgué el cartón y dentro, protegidos con paja, había dos fusiles de la casa Remington. La segunda caja contenía dos mil balas. Rompí a llorar como un niño, de rodillas. Ni que decir tiene: era un obsequio del capitán. Durante la travesía habíamos contrastado criterios, a él le constaba que yo odiaba a los militares y el militarismo. Son un mal necesario, dijo él. Lo peor de los militares es que son como criaturas, le replicaba yo, todo el honor que les reportan las guerras se resume en uno: poder explicarlas. Tuvimos muchas tertulias al atardecer, y él sabía que si me ofrecía armas de fuego las rechazaría; con gran discreción, en el último momento, añadió las cajas a mi equipaje. En fin, si me diesen cincuenta hombres como el capitán fundaría un nuevo país, una patria abierta, y la bautizaría con el nombre de Esperanza.

Cayeron las tinieblas. Se encendió el faro. Maldije a Batís, a Batís Caffó. Su nombre y el de la infamia irían juntos para siempre jamás. No me importaba que fuese un loco, lo único que me importaba era que él conocía la existencia de los monstruos, y que me había relegado a la ignorancia; lo odiaba con la virulencia de los impotentes. Aún tuve tiempo de improvisar unas pequeñas troneras en las ventanas, unos orificios redondeados que permitirían la salida del cañón. Y por encima de las troneras unas mirillas largas y estrechas. Así podría ver el exterior sin necesidad de abrir los postigos. Pero no pasaba nada. Ningún movimiento, ningún ruido sospechoso. Por la ventana orientada al mar podía ver la costa. El océano estaba tranquilo y las olas, más que castigar la arena, la acariciaban. Una extraña impaciencia se apoderó de mí. Si tenían que venir, que viniesen. Deseaba ver centenares de monstruos cargando contra la casa. Quería disparar contra ellos, matarlos uno tras otro. Cualquier cosa antes que aquel exasperante tiempo de espera. Todos los bolsillos de mi abrigo estaban repletos de montones de balas. Su peso me reconfortaba y me animaba. Balas de color cobre en el bolsillo izquierdo, balas en el bolsillo derecho, balas en los bolsillos del pecho. Masticaba balas. Apretaba el fusil con tanta fuerza que las venas de las manos se me recortaban como ríos azules. En el cinturón que me había puesto por encima del abrigo, un cuchillo y un hacha. Vinieron, claro.

Primero aparecieron unas cabezas que se acercaban a la costa. Como pequeñas boyas móviles, que avanzaban como aletas de tiburón. Debían de ser diez, veinte, no lo sé, un auténtico tropel. A medida que pisaban la arena se convertían en reptiles. La piel mojada parecía un acero artístico ungido con aceite. Se arrastraban unos metros y después se ponían de pie, un bipedismo perfecto. Pero avanzaban con el torso un poco inclinado, como quien lucha contra un viento muy fuerte. Me acordé del ruido de lluvia de la noche anterior. Aquellos pies de pato no podían evitar sentirse fuera de su elemento. Aplastaban la arena y los guijarros dispersos dejando grandes hoyos, como si pisaran nieve blanda. De sus gargantas salía un murmullo de complot general. Con aquello me bastaba. Abrí la ventana, lancé un tronco ardiendo, que inflamó el petróleo, la leña y las montañas de libros, y cerré. Disparaba por la tronera sin un blanco concreto. Las criaturas se dispersaron dando botes, como un manicomio de saltamontes abismales, graznando con ferocidad. No discernía nada. Sólo las llamas, al principio muy altas, ellos medio retratándose detrás, cuerpos que saltaban o bailaban con energías de aquelarre, yo también vociferaba. Brincaban, se arrodillaban, se reunían y dispersaban, intentaban llegar hasta las ventanas y retrocedían. Monstruos, monstruos y más monstruos. Aquí, allá, allá, aquí. Yo iba de una ventana a la otra. Asomaba el cañón, disparaba a ciegas uno, dos, tres, cuatro tiros, cargaba jurando como un bárbaro contra Roma, tiraba y volvía a cargar, y así horas enteras, o quizá sólo breves minutos, no lo sé.

La intensidad de las hogueras disminuía. Comprendí que el fuego era una protección de orden moral más que otra cosa. Pero se habían desvanecido. Al principio no me di cuenta. Yo tiraba y tiraba hasta que un casquillo se encalló en el cerrojo del fusil. Manipulé la palanca, frenéticamente. En vano. ¿Dónde está el otro remington? Los casquillos cilíndricos, dispersos a mis pies, hacen que resbale y tropiece. Las balas de mis bolsillos ruedan. Las quiero recoger, pero balas y casquillos se confunden. Me arrastro hasta la caja de municiones, meto la mano dentro y cojo un puñado de proyectiles, muy fríos. En estas operaciones invierto un tiempo. Y compruebo, con sorpresa, que los bramidos de los monstruos ya no se oyen. Respiro como un perro apaleado. Miro por las mirillas. Hasta donde alcanza mi ángulo visual no se observa ningún enemigo. Las llamas a duras penas se alzan un palmo, más azules que rojas. Crepitan. El faro barre el paisaje, con intermitencia periódica. ¿Qué perfidia estarán maquinando? Todo aquello no merecía crédito. La noche aún abrumaba el exterior.

En la lejanía, una detonación horadó capas de aire. ¿Y entonces? Batís disparaba. Asaltaban el faro. Agucé el oído. El viento me traía el fragor del combate, a ráfagas. Los monstruos aullaban con pasión de huracán, allá, en el otro extremo de la isla. Batís espaciaba los tiros, como si sólo escogiera blancos seguros. Con cada disparo aquellos gruñidos infrahumanos subían de volumen. Pero la moderación con que Batís utilizaba la escopeta hablaba de un individuo tranquilo, de alguien que se comporta más como un domador de leones veterano que como alguien que baila al borde de un precipicio. ¿Reía? Quizá fuera así, pero no podría jurarlo.

Después, una ola de viento gélido sustituyó al rumor de batalla. El aire movía las copas de los árboles más cercanos. Un silbido de ramas y hojas zarandeadas, y nada más. Mi desorientación crecía. Aquello parecía haber acabado, pero no podía bajar la guardia. ¿Quién me aseguraba que no se volverían de nuevo contra la casa? Pero no fue así.

★ ★ ★

A primera hora: luz como filtrada por una gasa enharinada. Pese a las vendas y los ungüentos, las ampollas de las manos se me habían inflamado. Supongo que se debía a la fuerza con que apretaba el fusil a todas horas. El aliento me olía a tabaco seco; sacaba bilis con gusto a azúcar quemado. Mi estado general era deplorable. Debilidad en las rodillas. Musculatura tensa en el cuello. Visión desenfocada con puntos amarillos. Podía sentir lástima de mí mismo, pero los monstruos jamás me la perdonarían. Las pilas de troncos y libros todavía humeaban. Me dediqué a excavar los pies de la puerta. Y, a media mañana, una visita del todo inesperada.

Batís era la estampa perfecta de un cazador siberiano, voluminoso y arisco. Llevaba gorro de fieltro con grandes orejeras y un abrigo cosido con hilos muy y muy gruesos, muchas hebillas. El correaje le cruzaba el pecho. Sostenía la escopeta y una especie de arpón que le colgaba de la espalda. Avanzaba poco a poco pero muy seguro de sí mismo, con indolencia elefantina, el paso grávido. Obviamente no puedo decir que me alegrase de verlo. Yo tenía medio cuerpo dentro del hoyo. Dejé de dar paletadas.

–Agradables, ¿no es cierto? Me refiero a los carasapo –comentó, casi con simpatía. Y añadió, aséptico, con un repentino cambio de tono–: Creía que ya estaría muerto.

Contuve una reacción agresiva. Necesitaba a aquel hombre, y con pasiones sólo ahogaría las maniobras diplomáticas.

–Tenga –dijo, dándome un cubo que contenía un saquito de judías–. También puede usar la fuente.

Lo decía en el tono que se emplea con los agónicos: concederles todo menos la verdad.

–Necesito algo más que sacos de judías, Batís –dije, aún desde dentro del hoyo–. El faro, Batís, el faro. Fuera del faro soy hombre muerto.

–Esta noche lloverá –comentó mirando el cielo–. Mala cosa. La lluvia altera a los carasapo.

–Sea razonable –protesté, con la debilidad mental en los labios–. ¿Qué sentido tiene que luchemos en solitario? Cuando están rodeados por depredadores, la causa de los hombres es sólo una.

–Coja toda el agua que quiera; es suya, de verdad. Y las judías. También tengo café. ¿Café? ¿Quiere café? Claro que quiere café. Necesita café, mucho café.

–¿Por qué me rechaza? Debería juzgar mis intenciones, no mi presencia.

–Su presencia dictamina sus intenciones. Usted no puede entenderlo. Nunca lo entendería.

–La cuestión –dije yo– es si podemos entendernos.

–La cuestión –dijo él– es que yo soy más fuerte.

No me lo podía creer. Solté un grito:

–¡Matar es lo mismo que dejar morir! ¡Usted es un asesino! –sentencié–, ¡un asesino! Todos los tribunales del mundo lo condenarían. Por acción o por omisión me lanza al foso de los leones. Se ampara en su faro y contempla el espectáculo como un patricio en el coliseo. ¿Está satisfecho, Batís? –gruñí, cada vez más indignado.

Se puso de rodillas. De esta manera nuestras cabezas quedaban a la misma altura. Cruzó los dedos de las dos manos y se aclaró la voz. Mis protestas no le habían afectado.

–En el faro no cabe nadie más. Esto es un hecho. No espero que lo entienda, sólo que lo acepte –hizo una larga pausa sin atreverse a mirarme con sus ojitos mongoles. Después–: Ayer oí disparos. Me pregunto si nuestro armamento es compatible...

No acabó la frase, dejó que yo mismo adivinara el resto. Hacía mucho más tiempo que resistía en la isla y seguramente empezaba a ir justo de cartuchos. Aquello era el súmmum de la vileza. Por una parte se desentendía de mi vida; por la otra, me pedía munición para defender la suya. Y todo a cambio de un saquito de judías. Le lancé una paletada de tierra a la cara:

–¡Tenga! ¿Le parece lo bastante compatible? ¡Criminal!

Salí del hoyo. De una patada hice que el cubo y las judías volaran por los aires. Este gesto logró desconcertarlo más que cualquier argumento.

–¡No busco violencias! Aunque no se lo crea, no le deseo ningún mal. No soy un asesino –declaró, pero al mismo tiempo se sacó el arpón de la espalda. No me amenazaba claramente, lo sostenía con ambas manos, entre él y yo. Fuera de aquí, fuera de aquí, le chillé, extendiendo un brazo, del mismo modo que se expulsa a los pobres de un restaurante caro. Pero seguía sin irse. Durante unos breves instantes adoptó una postura defensiva, sin renunciar a su objetivo. Fuera de aquí, tortuga humana, fuera, le insultaba yo, mientras caminaba con determinación hacia él. Batís retrocedía lentamente, sin darme la espalda. Yo no era nadie, sólo un obstáculo entre él y las balas. Entendió que no lo lograría. Se giró y se marchó con una indiferencia absoluta.

–¡Un día lo pagará! ¡Pagará por todo esto, Caffó! –le maldije cuando aún no había desaparecido en el bosque. Pero ni se tomó la molestia de contestarme.

Ahora estaba seguro de que sólo atacaban de noche. Batís había llevado armas consigo, en efecto, pero más para defenderse de mí que de los monstruos. En caso contrario no se pasearía con tanta impunidad por la isla. Por desgracia, estas certezas me llegaban demasiado tarde. Temía que mi primer descanso fuese mi último sueño. ¿Quién me aseguraba que me despertaría al atardecer? ¿Quién me aseguraba que una vez me rindiera no caería en un sopor fatal? Tenía tanto miedo de los monstruos como de la indefensión. Y, no obstante, a lo largo del día me conquistaron momentos de debilidad. No se puede decir que durmiese. Era una somnolencia narcótica. Estaba más cerca de un delírium trémens que del onirismo propiamente dicho. Ante mí, en la frontera de la conciencia, se me apareció una mezcla de visiones, recuerdos, espejismos y alucinaciones sin significado. Vi una pequeña porción del puerto de Amsterdam, o de Dublín, no lo sé. Manchas de alquitrán flotaban en la superficie del agua, que chocaba con los pilones de madera y hacía un ruido a hueco. Me vi en la casa de la isla. Un demonio antropomórfico dormía en mi catre; yo extendía una mano y casi podía tocarlo con la punta de los dedos. Me despertaba, más o menos. No quiero morir, no quiero morir. ¿Qué me harán? ¿Qué me harán?

* * *

Tercera noche en blanco. ¿Cuánto tiempo puede vivir un hombre sin dormir? Tal como Batís había pronosticado, llovió a cántaros. Truenos y relámpagos. La primera capa de nubes estaba muy baja. Por encima de ella explosiones blancas, anchas como lagos, efímeras como cerillas fracasadas. Los truenos sonaban como vajillas de mil platos reventados a martillazos. Desde las mirillas podía ver la superficie marina, hirviendo. El horizonte nocturno resplandecía con andanadas de cruceros que libran batallas navales. Los rayos horadaban el cielo y caían con una verticalidad quebradiza y extraviada.

Después la lluvia degeneró en una cortina opaca. La visibilidad del exterior se redujo a metros, a centímetros. El agua rebotaba contra el tejado de pizarra. Los canalones la llevaban hasta los vértices y desde allí caía en cataratas ruidosas. Esta vez no los vi llegar. De repente la puerta se convirtió en un tambor aporreado por docenas de puños furiosos. Retumbaba de tal modo que los baúles que la reforzaban por dentro, en barricada, cayeron. Yo también. Caí de rodillas. Un hechizo maligno hacía que me hundiera, que capitulara. El terremoto debilitaba la puerta, también mi voluntad de lucha.

Todo el horror del mundo se concentraba en aquella puerta convulsa. Estaba más allá de la rendición, más allá de la locura; pero aún no estaba más allá de la resignación, ni más allá de la apatía, y por tanto no podía aceptar mi destino en paz. No oía la voz de los monstruos. Sólo la fuerza de la lluvia y los golpes, los golpes, superponiéndose los unos a los otros. Lloriquée con lágrimas pequeñas, y al mismo tiempo que lloraba, mientras me mordía un puño sabía, me constaba que ninguna providencia me sacaría nunca de la isla. La puerta cedía. Temblaba como una hoja de laurel hirviendo en una olla, reventaría en pedazos de un momento a otro. Paralizado, hipnotizado, era incapaz de arrancar los ojos de la puerta. Y fue justo en ese último momento cuando se produjo un milagro, pero a la inversa.

Ya no necesitaba la salvación, era inútil. En breves instantes sería carroña. El milagro era que no me importaba morir. Estaba muerto, de hecho. Estaba muerto, pues, y al asumirlo mi postura de feto, en un rincón, me pareció innecesaria, es más, ridícula. Estaba muerto, pero no temblaba. Estaba muerto, y antes de morir se me permitía conocer la esencia del abismo. Porque, ¿qué podía ser aquella puerta zarandeada sino la idea pura del horror? Tenía tan pocas fuerzas que me arrastré por el suelo. Mi última voluntad consistía en tocar aquella puerta con la punta de los dedos. Como si el contacto me hubiera de revelar alguna fuente de sabiduría universal, un conocimiento difundido por todas partes pero que sólo está al alcance de quienes son recibidos en audiencia en palacios de luz. Me separaban de ella unos pocos centímetros. Mi palma se extendía ante la puerta como si fuese una pared de cristal. Pero en aquel preciso momento, a puñetazos, uno de los monstruos ensanchó la abertura que servía como mirilla. El brazo entró por el hueco, cayó como la cola de un escorpión y me atrapó el tobillo.

–¡No!

En un abrir y cerrar de ojos transité de la espiritualidad más elevada a la animalidad más primaria. No, yo no quería morir. Mordí la mano con todos mis dientes y muelas, clavándole los incisivos, rompí huesos menores y desgarré la membrana que unía el dedo pulgar con el índice. El propietario emitió un grito de dolor largo, muy largo, inacabable, pero no me soltaba. Hice fuerza hacia atrás con las mandíbulas, afianzándome con los talones, hasta que algo cedió. A causa del impulso mi cráneo golpeó contra el suelo. Tenía la cara y el pelo empapados de sangre azul; me resbalaba por el mentón y chorreaba por los codos. Di vueltas como un simio borracho, sin ponerme de pie. Después, mucho después, comprendería que era yo quien hacía aquellos sonidos horripilantes con los dientes apretados. Por casualidad mis manos palparon uno de los fusiles. Lo cargué como lo haría un ciego, sin mirar a ningún lado. Los proyectiles atravesaron la puerta. Las balas abrían agujeros. Virutas de color crema volaban a distintas alturas. Ellos soltaban unos aullidos de jauría frustrada. La puerta se convirtió en un colador. Se habían ido pero yo continuaba disparando. La tormenta se alejaba. Al romper el alba la lluvia era sólo una llovizna lenta y sin sustancia. Hasta que no llegó la luz no me di cuenta de que tenía la boca tensa y acartonada, y llena. Escupí medio dedo y una membrana más grande que las mariposas de Brasil.

El último relámpago de aquella noche iluminó mi inteligencia. Tenía a un millar de monstruos en contra. Pero en realidad ellos no eran enemigos míos, del mismo modo que los terremotos no son enemigos de los edificios, simplemente son.

Mi único enemigo tenía un nombre y se llamaba Batís, Batís Caffó. El faro, el faro, el faro.

V

Yo no era un buen tirador. Ni siquiera me servía mi pasado de activista: nunca había disparado un arma. Ahora mis antecedentes me parecían un sarcasmo: había recibido, escondido y distribuido centenares de fusiles; pero había hecho de ellos un uso mínimo. En cualquier caso estaba decidido a entrenarme, y, como es bien sabido, en caso de necesidad se aprende deprisa. El remington tenía un alza para precisar las distancias. La fijaba a cincuenta, setenta y cinco, cien metros e intentaba acertar con latas de espinacas vacías. Aquí surgió mi primer obstáculo. Durante toda la mañana hice prácticas con un éxito más que mediocre. A la debilidad del cuerpo se le sumaba la mental. La consunción generalizada erosionaba los sentidos. Intentaba apuntar al blanco, cerraba un ojo y veía doble. Todo mi sistema nervioso se desplomaba a ritmo acelerado. A la amenaza mortal y constante se le añadía la falta de sueño, vieja tortura. Más que alterados, los ritmos fisiológicos habían desaparecido. Daba órdenes a mi cuerpo como un coronel a su regimiento. Come. Bebe. Muévete. Orina. ¡No duermas! Sí, la necesidad de sueño y el miedo al sueño. Vivía en una región mental donde el insomnio y el sonambulismo se confundían. A veces me decía haz esto, o lo otro. Carga el fusil, o enciende un cigarrillo. Las balas no entraban porque el cargador estaba lleno, y no recordaba haberlo llenado. Me ponía un cigarrillo en los labios, y resulta que ya estaba fumando uno.

Pero ahora tenía una misión. Hasta ese momento me había limitado a resistir por resistir, sin ningún horizonte de esperanza. Ahora, por primera vez, controlaba algún tipo de iniciativa. Una vez tomada la decisión, me movía por el bosque con el espíritu ligero de los guerrilleros. Llevaba ropa discreta; tonos mates y, en la medida en que me lo permitía mi vestuario, escogí colores similares a los de la vegetación que me iba a acoger. Los guantes de cuero harían más soportables el frío y las ampollas. Me situé a unos ochenta metros del faro. Cualquier francotirador habría escogido aquel lugar de privilegio. Detrás de mí la vegetación era lo bastante espesa para evitar que los claros recortasen mi silueta. Delante, camuflándome, la última línea de árboles, que no me impedían una visión perfecta de la puerta y el balcón. Me encaramé a una rama alta y sólida. Tenía una concavidad que permitía asegurar la posición del fusil. Apunté a la puerta. Si salía por allí, era hombre muerto. Pero no dio señales de vida, en todo el día no apareció, y cuando el crepúsculo hizo acto de presencia no tuve más remedio que retirarme por miedo a los monstruos.

Afortunadamente fue una noche tranquila, si podía decirse así. No asaltaron la casa. Creo que unos cuantos estuvieron rondando por las proximidades del faro, porque los oía, y por un disparo aislado de Batís, pero nada más. Me sentía incapaz de extraer conclusiones. Quizá los había escarmentado de lo lindo. Los tiros a través de la puerta forzosamente tuvieron que herir a algunos. Quizá, simplemente, esa noche no tenían demasiada hambre. ¿Quién podía saberlo? No seguían ninguna lógica, y mucho menos estrategias de poliorcética militar. A última hora incluso me permití el lujo de cerrar los ojos en un simulacro de descanso, un reposo falso pero atractivo. Con el primer atisbo de claridad volvía a ocupar mi árbol.

Esta vez no tuve que esperarle demasiado tiempo. No hacía ni media hora que acechaba cuando salió al balcón. Medio desnudo, exponiendo al mundo un torso de boxeador veterano. Con los brazos separados se apoyaba en la barandilla oxidada; inmóvil, los ojos cerrados, el mentón alzado, alimentando la cara con nuestro sol triste. Recordaba a una estatua de museo de cera. Era un blanco perfecto. Apoyé la culata contra el hombro, cerré el ojo izquierdo. Más allá del cañón estaba su pecho. Pero vacilé. ¿Y si fallaba? ¿Y si sólo lo hería, de gravedad o levemente? Si lograba refugiarse en el interior lo perdería todo. Aunque muriese después de una larga agonía, Batís ya habría cerrado el blindaje del balcón. Con una cuerda y un gancho conseguiría escalarlo, sí, pero no conseguiría forzar las planchas de hierro, unos postigos superpuestos a las ventanas del balcón. Me dije todo esto, y también me dije no, no, no es eso y tú lo sabes.

Sencillamente, no podía matarlo. Yo no era un asesino, por mucho que las circunstancias me impeliesen a ello. Disparar contra un hombre era algo más que afinar la puntería contra un cuerpo; era matar todo su tiempo vivido. Batís estaba en el punto de mira y podía ver su biografía. Imaginaba su tiempo previo al faro. Contra mi voluntad, imponiéndose a mí, mi mente recreaba la estupefacción del Batís niño, muy lejos aún del viaje que lo llevaría a la isla; sus limitados éxitos de juventud, los desengaños y las frustraciones causados por un mundo que no había escogido. ¿Cuántos golpes habría recibido de las mismas manos que tenían la misión suprema de amarlo? Ahora que estaba reducido a la condición de blanco, indefenso, toda su vulnerabilidad emergía. ¿Por qué se había ido a aquel faro? ¿Era un ser cruel o sólo una catapulta de la crueldad? Batís sólo era un hombre que tomaba el sol, medio desnudo. No llevaba ningún uniforme que justificase la bala. Y si robar la vida de un ser humano ya es una misión dolorosa, matarlo cuando se limitaba a tomar el sol aún me parecía –mira por dónde– mucho más abominable.

Bajé del árbol profundamente indignado conmigo mismo. Regresaba a la casita y por el camino me castigaba dándome puñetazos en la cabeza. Idiota, idiota, me decía, eres un idiota. A los monstruos les da lo mismo devorar un santo que un depravado: son carne. Estás en la isla, la isla de todas las infamias. Aquí no sobrevive el amor al prójimo ni la filosofía, ni el poeta ni el generoso, sólo un Batís Caffó. Recorría el caminito que llevaba a la casa, pues, y me paré en la fuente. Desde que había desembarcado sólo había bebido ginebra. Me amorré al cubo de Batís, que seguía allí. Pero antes de beber me fijé en el reflejo del agua.

A duras penas podía creer que yo fuera aquél. Cuatro días de insomnio y de combates habían hecho estragos. La barba me crecía a media intensidad; estaba pálido, una palidez mortuoria. Los ojos, sobre todo, pertenecían a un loco irrecuperable. Los iris azules eran islas rodeadas de rojo intenso. Diversos círculos de un violeta oscuro se disputaban párpados y contornos. El frío y el miedo me habían quemado los labios. Por el vendaje de la herida del cuello, grueso como una bufanda, aparecían costras de sangre seca, coágulos medio húmedos y pus. El cuerpo ya no recordaba el arte cicatrizador. Uñas rotas. Una capa con apariencia de alquitrán me cubría el cabello. Cogí un mechón de encima de la oreja, y con desconcierto mayúsculo descubrí que el color había mudado hasta el gris blanquecino. Sumergí la cabeza en el cubo y me lo froté con atolondramiento de mosca. Pero aquello no me bastaba. Una suciedad bíblica sepultaba mi anatomía. Me deshice del fusil, de las municiones y de los cuchillos, me saqué abrigo, jerséis de lana, camisas, botas, calcetines y pantalón, me desnudé, como si una epidemia infectase cada pieza de ropa que me protegía, y después escalé la pared de donde salía la fuente.

Allá arriba la lluvia nocturna había creado una especie de balsa. El agua sólo me cubría hasta las rodillas. Me dejé caer. El frío era una influencia benigna. Lo apreciaba, porque revitalizaba los sentidos, adquiría lucidez y ganaba vigor. Pensé en Batís, naturalmente. La fuente podía convertirse en una buena trampa. Tarde o temprano vendría a buscar agua. Una emboscada. Indefenso, desprevenido, lo capturaría a punta de fusil sin necesidad de recurrir al homicidio. Lo sometería, lo convertiría en un reo. Lo ataría con cadenas en el interior del faro. Y cuando en el horizonte apareciera el primer barco, encendería y apagaría la luz del faro de acuerdo con el código morse. ¿Tenían que juzgar a Batís por la vía penal o recluirlo en un manicomio para toda la vida? Aquello era secundario.

Las nubes filtraban columnas de luces finas y concretas. El cielo me dedicaba una ópera de luces. Los márgenes de la balsa estaban cubiertos de musgo, un tacto blando y amable. Pero no tenía prisa por salir. Mis miembros se habían acostumbrado a la temperatura. Flotaba, mirando el firmamento; era la primera hora que me dedicaba a mí mismo desde que había desembarcado.

Así me hallaba cuando oí unos pasos que se acercaban. A fin de que no me detectaran me sumergí del todo, menos la cabeza. En mi posición no me era posible verlo, pero no hacía falta demasiada imaginación para entender que Batís había escogido ese preciso momento para ir a la fuente. Venía con nuevos cubos, tal como revelaban los ruidos de chatarra transportada. Maldije mi suerte. ¿Qué podía hacer? Sólo era cuestión de tiempo que descubriera mi ropa y, peor aún, el fusil. Su reacción, imprevisible. Quizá compartiría la fuente sin ninguna molestia. Pero los locos tienen hilos perceptivos muy delicados; lo creía muy capaz de intuir mis pretensiones. Y yo estaría desarmado. Fue una meditación fugaz. No tenía demasiadas opciones, de hecho. Si por un milagro Batís se retiraba ignorando la ropa, tardaría días en volver a la fuente. Durante ese período los monstruos dispondrían de infinitas oportunidades para liquidarme. Agucé el oído. Está justo delante del caño, oigo cómo reemplaza un cubo por otro. Se para. Ve la ropa tirada. Acaba de darse cuenta de que hay alguien más. Un salto de pantera y los dos cuerpos ruedan juntos. Queda debajo de mí, lo atrapo con las piernas. Alzo un puño pero sin consumar la agresión. No es Batís. Es un monstruo.

Di otro salto, esta vez alejándome todo lo que pude. Pero el propio sobresalto contenía una duda. Los monstruos eran máquinas de matar. Y yo había abatido un peso delicado, una fragilidad. Los cubos todavía rodaban por el suelo, golpeteando el uno con el otro con ruido de chatarra. Observé con prudencia y a distancia, como esos gatos a los que la curiosidad les impide huir.

No se movía del lugar donde había caído. Hacía unos lastimosos ruidos de pajarillo herido. Un hedor a pescado me entraba por la nariz. Me arrastré, y para observarlo mejor le aparté los brazos de la cara, un gesto con el que buscaba protegerse. Era uno de los monstruos, de aquello no cabía duda. Pero en él los rasgos faciales se dulcificaban hasta lo indecible. Cara redondeada y cráneo sin cabellos. Las cejas eran líneas de un estilo elaborado, como producto de la caligrafía de los sumerios. Ojos de color azul, Dios mío, qué ojos, qué azul. Un azul de cielo africano, no, más claro, más puro, más intenso, más brillante. Nariz fina, aguda, discreta, con el hueso central más bajo que las aletas. Las orejas, diminutas comparadas con las nuestras, tenían forma de cola de pez; cada una se dividía en cuatro pequeñas vértebras. Pómulos nada prominentes. El cuello muy largo, y todo el cuerpo cubierto por una piel de un gris blanquecino con matices verdes. Lo toqué con la punta de los dedos, desconfiando aún. Tenía la frialdad de un cadáver y el tacto de una serpiente. Le cogí una mano. No era como la de los otros monstruos. La membrana, más corta, casi no llegaba a la primera articulación. Dio un grito de pánico. Aquello fue el detonante para que lo azotase sin piedad, que no se me pregunten los motivos. Gritaba y gemía. Llevaba un simple jersey, tan dado de sí que le servía de falda. Le cogí el tobillo izquierdo. Alcé el cuerpo hacia arriba, como si fuese un recién nacido, para observarlo mejor. Era una hembra, sí. El sexo no estaba cubierto por vello púbico de ninguna clase. Movía las patas con desesperación. Cogí el remington y le pegué con la culata, hasta que un golpe especialmente cruel, en la ingle, hizo que se retorciese como un gusano. Se cubría con los brazos y gemía con las mejillas clavadas en el suelo.

El jersey y los cubos me indicaban que Batís tenía alguna relación con aquella bestezuela. ¿De dónde la había sacado y qué valor podía otorgarle? Me resultaba imposible determinarlo. El hecho era que le había enseñado algunas habilidades, como los perros de san Bernardo. Llevaba cubos, por ejemplo. También se había molestado en vestirla. Un jersey que no querrían ni los mendigos turcos. La conjunción de un jersey tan lleno de agujeros, y tan sucio, y un cuerpo parido bajo los océanos daba como resultado un conjunto insufrible, más grotesco que esos ridículos perritos que las señoras inglesas visten con lanas de primera calidad. Pero si Caffó se tomaba molestias con ella era porque la tenía en cierta estima. La mejor manera de salir de dudas consistía en llevármela como rehén. Si Caffó tenía algún interés en ella, vendría a buscarla. Hice que se levantara arrastrándola por el codo. Le encasqueté un cubo en la cabeza para cegarla. Temblaba. Los cubos estaban unidos por un cordel que aproveché para atarle las manos. Pero no escondí las señales de lucha, que Batís lo supiese y me siguiera. Un golpe de culata y nos encaminamos hacia la casa.

La planté en un taburete. Le retiré el cubo de la cabeza y, durante un largo rato, estuve sentado delante de ella. Sangre azul le manchaba las comisuras de los labios. El corazón le latía al ritmo del de los conejos. Sólo respiraba con la parte alta de los pulmones. Tenía la mirada perdida y le pasé un dedo de hipnotizador por delante de los ojos. Lo seguía vagamente. Se orinó encima del taburete. Miré por la ventana que daba al caminito del bosque.

Batís no viene. Me irrito. De una bofetada, violentísima, cae al suelo. Esta vez no suelta ningún chillido. Se queda en un rincón, hecha un ovillo, tapándose la cabeza con las manos atadas.

Más allá del mediodía. La luz se difumina. Sin noticias de Batís. Naturalmente, no tenía la menor intención de conservar a la hembra. Si en condiciones normales los monstruos eran temibles, ¿de qué serían capaces en el caso de que la olieran? Tenía una piel fina de delfín, tensa como cuerdas de violín. Parecía joven y fértil. En lo que se refiere a la reproducción, la naturaleza conoce una amplia amalgama de medios. Quizá pudiese comunicarse con sus congéneres con mecanismos invisibles para el ser humano. Estaba a punto de sacrificarla de un tiro.

Pero cuando el sol empezaba a descender, un ruido de trabuco perforó la ventana.

–¡Rata bastarda! –bramó una voz oculta–. ¿Por qué me declara la guerra? ¿Es que no tiene bastante con los carasapo?

–¿Y usted, Caffó? –grité al vacío–. ¿Prefiere gastar la escasa munición que le queda conmigo?

–¡Ladrón! *Sie bescheissenes Arschloch!*

Un nuevo impacto. El proyectil se incrustó en un ángulo del marco, una lluvia de serrín me salpicó. Arrimé a la bestezuela contra la ventana:

–¡Dispare ahora, Caffó! ¡Quizás acierte!

–¡Déjela!

Por toda respuesta le retorcí el brazo. La bestezuela chilló. Unos gritos de réplica, indignados, salieron de algún lugar del bosque. Era exactamente lo que buscaba. Reí:

–¿Qué le pasa, Caffó? ¿No le gusta? ¡Pues escuche esto!

Con la bota le pisé el pie desnudo, aullidos de dolor se difundieron por el bosque.

–¡Deténgase! ¡No, no la mate! ¿Qué quiere? ¿Qué quiere?

–Quiero que hablemos. ¡Cara a cara!

–¡Salga y hablaremos!

No había meditado la respuesta, demasiado rápida, y por tanto poco sincera.

–¿Ha perdido el juicio? ¿O es que me toma por un idiota? Quien va a salir es usted. ¡Ahora!

No contestó. Lo que más me preocupaba era que Batís, simplemente, se fuese. ¿Por qué no se retiraba? No podía entender su aprecio por la bestia. Muchos campesinos de Irlanda matarían a su vecino por una vaca. Pero ninguno se jugaría la vida por una loba. Tenía en mi poder algo cuyo valor me era imposible determinar.

Me pareció que unas ramas se movían.

–Caffó, salga –grité–. ¡Ahora!

Para decirle esto había apartado a la mascota de la ventana. Vi los dos cañones de su escopeta saliendo de aquel lugar, y unas luces amarillas iluminándolos. Las balas de Batís eran auténticos explosivos de fragmentación. Falló por un palmo. El marco superior se desprendió, reventado. Una astilla se me clavó en la ceja. Herida insignificante, pero que despertaba furias plutónicas. Convertí a la bestia en alfombra, tendida en el suelo, donde la retenía con la presión de una bota. Así tenía las manos libres para manipular el fusil y llenar la vegetación de plomo. Tiraba a la altura del pecho, cubriendo todos los ángulos. Podía estar en cualquier lugar pero así lo obligaría a agacharse. Después dije algo a lo que no me replicó. ¿Qué pretendía? ¿Conquistarme al abordaje? Suya era la iniciativa que corresponde al asediador. Yo no tuve más remedio que saltar de ventana en ventana, frenéticamente, sin saber por donde me atacaría. Si Batís lograba ganar la pared exterior yo perdería mi seguridad. Lo vi por la ventana de detrás: rodeaba la casa, por la playa, a fin de atacarme por la espalda. Disparé, pero el terraplén de la costa lo protegía.

–¡Lo mataré! –me amenazó mientras se agachaba–. ¡Por san Cristóbal que lo mataré!

La situación táctica no hacía justicia a sus palabras: Batís estaba bloqueado. Mientras permaneciese tendido en la arena perdería su perfil. Pero tarde o temprano tendría que salir de la playa, por la izquierda o la derecha, y en ese momento sería un blanco idóneo. Si no salía, peor para él: seguro que cuando llegara la noche los monstruos estarían muy contentos de encontrárselo allí, tendido en la playa.

–¡Tiene que rendirse! –dije yo–. ¡Ríndase o los mataré a los dos!

Asumiendo riesgos, tomando una determinación mucho más rápidamente de lo que me esperaba, Batís saltó por el lado derecho. Corría, agachado, y gritaba como una soprano, sosteniendo la voz. Sólo tuve tiempo de tirar dos veces. Las balas se perdieron en el mar y él por la vegetación.

El intercambio de fuego se terminó. ¿Había regresado al faro? Quizá quería que lo supusiera. Fuese como fuese, no atribuía a un hombre como aquel la virtud de la paciencia. Até una cuerda al cuello de la rehén. El otro extremo, a la pata de la cama. Después abrí la puerta y de un empujón la eché afuera. Estaba seguro de que Batís sufriría con aquella visión, quizá cometería una imprudencia. La bestia dudó. Después corrió unos metros, creyéndose libre, hasta que la cuerda se tensó y el estirón de su propio impulso la hizo caer. Idiota.

Durante unos minutos no se produjo ninguna respuesta. Yo acechaba por la ventana; veía a la bestezuela atada, en el suelo y desconcertada. A ratos hacía movimientos idénticos a los de un perro atado que quiere volver con su amo. Renunciaba, descansaba y lo volvía a intentar. Pero de repente un proyectil bien dirigido cortó la cuerda. Lo que siguió sólo se explica por una común locura: en vez de dispararnos, los dos iniciamos una carrera frenética tras el rehén. Yo salí de la casa y él de algún punto del bosque. Pero Batís estaba más lejos. Con una mano cogí el cuello de la bestezuela, que no reaccionaba, con la otra sostenía el fusil. Mi brazo estaba demasiado débil para utilizar un fusil como una pistola y fallé. Caffó movió todo el cuerpo, una bola de pelos y de cabellos al viento, el arpón siempre a la espalda. No podía dispararme por miedo a herir a quien quería rescatar.

–¡Ríndase! –le conminé–. ¡Está muerto!

Me escupió y corrió hacia el bosque en un zigzag muy hábil. Aquí pude comprobar una vieja lección: no es fácil matar a un hombre que sabe moverse. Sin balas en el remington, frustrado por mi puntería de miliciano bizco, regresé al refugio castigando al rehén con la culata.

* * *

El atardecer caía sobre la tierra como un paraguas. Veía el bosque con un furtivo dentro, a mí mismo con un fusil en las manos, en una isla infestada de monstruos, con una salamandra marítima a mi lado, y todo era increíblemente fantástico. No hacía ni cuatro días, estaba hablando de política irlandesa con un capitán mercante. Me dije: todo esto no es real, y también: sí, sí que lo es, y mientras discutía con el mundo sobre su sensatez, un tiro me despertó. Estábamos entre dos luces, y cuando ya pensaba más en los monstruos que en Caffó, una voz potente dijo:

–¿Cómo sé que no me disparará?

–¡Porque habría podido liquidarlo ya, y no lo he hecho! –contesté de inmediato–. ¿Le gustan los baños de sol, Caffó? ¿Le gusta salir al balcón de madrugada, medio desnudo? Le he tenido en el punto de mira. Todo lo que tenía que hacer era apretar el gatillo y volarle la cabeza. –Y ordené con espíritu de sargento–: ¡Muéstrese de una vez, maldita sea! ¡Muéstrese!

Una duda y salió del bosque, por fin.

–Tire la escopeta –ordené–, y arrodíllese.

Le costaba pero obedecía. De rodillas, impasible, Caffó abrió los brazos como diciendo: aquí estoy.

–¡Ahora salga usted! –me exigió con las manos en la nuca–. ¡Con ella, con ella!

La utilicé como escudo, delante de mí. Cuando estuvimos cerca la empujé contra el cuerpo de Batís. Los apuntaba con el fusil. Caffó la examinó como haría un veterinario con una cabra enferma.

–¿No se da cuenta de que este líquido azul es su sangre? —protestó, limpiándole un labio y la nariz con un sucio pañuelo–. ¡Está herida!

–¿Y qué se esperaba de un republicano? –dije en una ironía cruel. Batís miró a un lado y a otro, y luego a mí:

–Muy bien, está oscureciendo. ¿Qué quiere?

–Ya lo sabe.

Me senté con el fusil cruzado sobre las rodillas. De repente la situación era muy pacífica. Hacía un rato nos queríamos cortar el cuello y ahora hablábamos de ideas. Éramos como un par de fenicios que han gastado todas las energías en un regateo más teatral que real. La isla era un lugar extraño.

–Debería matarlo, ahora mismo, pero no pienso hacerlo –empecé, en un tono conciliador–. De hecho, no me importa nada de lo que está pasando en esta isla del demonio. Por razones que ignoro usted no quiere abandonarla. Tuvo la ocasión de hacerlo, cuando desembarqué, y no abrió la boca. Pues muy bien, quédese, si así lo desea. Pero yo quiero salir de aquí, sano y salvo.

Señalé en dirección al faro:

–Pienso entrar, con usted o sin usted. Pienso entrar y sobrevivir. Pronto pasará algún barco. Le avisaremos haciendo luces de morse con el faro y me iré a algún lugar más tranquilo. Eso es todo. Naturalmente, podrá quedarse con mis provisiones. Y con los fusiles. Tengo dos remington y miles de balas. Estoy seguro de que le serán muy útiles.

Vi sus dientes cariados, abría media boca en una sonrisa incomprensible. Sacó una pequeña cantimplora de aluminio y echó un trago. No me la ofreció.

–Usted no lo entiende. Este islote está fuera de todas las rutas comerciales. No pasará ningún barco hasta que venga el relevo del oficial atmosférico. Un año.

–¿Por qué me engaña? –salté–. ¡Hay un faro! Y los faros se ponen en los lugares con tránsito naval.

Negó con la cabeza. Hablaba con un cigarrillo que acabó tirando:

–Me consta que hace años que han abandonado esta ruta. Querían convertir la isla en un presidio para los dirigentes bóer. Algo así, no sé. Pero las cartas náuticas del sector son antiguas, y se equivocaban respecto a las dimensiones de la isla. Aquí no cabría ni la guarnición del presidio. Creían que era más grande que esto –y con el brazo hizo un gesto que todo lo abarcaba–. La obra había sido contratada a una empresa privada. Cuando los agrimensores vinieron se dieron cuenta de que el proyecto no era viable, naturalmente, y justificaron el presupuesto antes de que algún general lo anulase. El faro estaba incluido en los planos del presidio, así que decidieron construirlo para que nadie pudiera acusarlos de cometer fraude con las finanzas del ejército. Cuestiones de papeles. Construyeron el faro y se fueron –suspiró, sarcástico–. Podrían haberse ahorrado su maldito faro; aquí no vendrá ningún inspector de obras públicas. Sobre todo desde que los ingleses cedieron la titularidad del faro a la soberanía internacional. ¿Y qué supone eso en la práctica? Pues que antes era del ejército y ahora no es de nadie.

Volví a sentarme. Definitivamente, no entendía nada.

–¡No me lo creo! Si es así, ¿qué hace usted aquí? ¿Encargarse de un faro que no presta servicio a ninguna ruta?

Su humor cambiaba solo; se había temido lo peor respecto a la bestezuela, y el hecho de haberla recuperado actuaba como un bálsamo. Rió y me pasó la cantimplora, ahora sí. Era un licor frío y agrio. El gesto valía mucho más que la bebida.

–Yo no estaba destinado al faro. Soy el anterior atmosférico. Bueno, nunca logré ningún título, pero los de la corporación no eran demasiado exigentes con la calificación del personal que enviaban aquí –hizo una pausa–. Lo del faro me lo explicó un marinero del barco que me trajo a la isla, un sudafricano que conocía la historia.

Con un gesto me pidió la cantimplora, echó un trago y añadió:

–*Hallo, Kollege.* ¿Por qué ha venido? Los triunfadores nunca recalan por estos parajes. Nunca. Los honestos y los honrados, tampoco. ¿Y usted? ¿Se fugó su mujer con algún ingeniero de ferrocarriles? ¿No tenía valor suficiente para alistarse en la legión extranjera? ¿Estafó al banco en el que trabajaba? ¿O tal vez lo perdió todo en el casino? Calle. A mí me da igual. Bienvenido al infierno de los fracasados, bienvenido al paraíso de los perdidos. –Y cambiando de tono–: ¿Dónde está el otro remington?

Me había quedado sin fuerzas, lo dejé hacer. La bestezuela de Batís miraba el suelo con indiferencia vacuna. Con dos dedos removía el fango. Se tragó un gusano sin masticarlo. Batís entró en la casa. Arrodillado ante la caja de balas, parecía un pirata disfrutando de su tesoro. La visión del segundo remington y la munición le hacía feliz. Buen material, sí, buen material, decía mientras palpaba la culata del fusil, mientras revolvía las balas como un usurero las monedas de oro.

–¡Ayúdeme! –dijo de golpe–. Está oscureciendo. Sabe lo que significa eso, ¿verdad?

Batís llevaba su escopeta y el otro remington colgando de los hombros. Cogimos la caja de municiones cada uno por una de las asas laterales. Sí, se hacía de noche. Empujó a la mascota, y los tres iniciamos una carrera enloquecida. Deprisa, deprisa, me espoleaba por el bosque, ¡al faro, al faro! Y la misma expresión en alemán: *zum Leuchtturm, zum Leuchtturm!* Pero era difícil coordinar los movimientos de cuatro piernas; en una ocasión tropecé con una raíz y la munición se desperdigó por el suelo. ¿Qué diablos le pasa?, me censuró mientras recogía las balas a puñados, ¿está borracho? Dentro de la caja las balas se mezclaron con musgo y fango, corrimos más, caía la noche. ¡Oh, Dios mío, Dios mío!, decía Batís en un susurro, y también: *zum Leuchtturm!*

Estábamos tan sólo a unos veinte metros del faro. Empezábamos a ascender penosamente el granito que se extendía ante la puerta. De repente: ¡dispare, dispare! Yo no sabía a qué se refería. ¡Estúpido, detrás del faro! Vi unas sombras difusas, uno que saltaba a la izquierda, dos a la derecha, tres, cuatro. Disparé al azar. Los monstruos conocían el efecto de las armas de fuego y se retiraron con un salto simultáneo. Batís se había hecho cargo del peso de la caja. Empuje la puerta, está abierta, gritó.

Un segundo después de que cerráramos y atrancáramos la puerta los monstruos ya golpeaban el hierro con furia apocalíptica. Caffó se abalanzaba sobre las municiones, pero yo me interpuse entre él y la caja de balas.

–¿Y ahora qué ocurre? –protestó–. ¡Atacan el faro, necesito las balas!

–Míreme a los ojos.

–¿Por qué?

–Míreme a los ojos.

–¿Qué pretende?

–Que me mire a los ojos.

Lo hizo. Cogí su fusil y me clavé el cañón en el pecho.

–¿Quiere matarme? Hágalo ahora. No soporto la idea de morir en mitad del sueño. Si piensa hacerlo, máteme ahora. Será un asesinato pero al menos le ahorraré la traición añadida.

Inspiró y suspiró con la furia de quien no encuentra las palabras justas para responder a una ofensa poco concreta. Hizo un gesto brusco, con el que me arrancó el cañón de las manos. Me lo clavó en un lateral del cráneo. Estaba muy frío.

–Usted es de uno de esos que quieren vivir para siempre. ¿Es que los santos padres no le leían las palabras de Cristo? ¿No le dijeron que tenemos que morir muchas veces?

Retiró el arma. Una caída de ojos:

–Todos tenemos que morir. Hoy, mañana, cuando lo dicte la providencia. Hay un fusil para cada uno. Si quiere, mátese usted.

No me esperaba que sus facciones de pedernal apuntasen una sonrisa. Pese a la urgencia del momento se permitió una pausa y un silencio. Mientras oíamos los rugidos de fuera él me valoraba, a saber con qué criterio. Por fin dijo:

–Quería esconderse en el faro y ya está aquí. ¿Quiere que le felicite? Usted no entiende nada. Usted es de esos que se creen más libres cuando se acercan a los barrotes de la cárcel. –Movió una mano, exigente–: Y ahora, las balas. Los carasapo llaman a la puerta.

Me aparté, concediéndole lo que quería. A pesar de que Batís iba cargado con su escopeta, un remington y la caja de municiones, subió las escaleras como una exhalación. Vi un par de sacos vacíos. Me sirvieron como colchón improvisado. Los monstruos ululaban. Batís disparaba desde algún lugar elevado. Pero mi único pensamiento era duerme, ahora duerme.

Duerme.

Duerme.

Duerme.

VI

Cuando me desperté una placidez fantástica dominaba el mundo. En algún momento de aquella noche las funciones vitales habían vuelto a mí como el alma de un Lázaro a su cuerpo, encajada por decreto. Allá fuera las olas batían suavemente contra los arrecifes más cercanos, y los ruidos marítimos actuaban con efectos terapéuticos. Tendido, el espacio interior del faro causaba una impresión dura y a la vez acogedora. Por las troneras que jalonaban el recorrido de la escalera de caracol se filtraban rayos de luz a varias alturas. En la proyección del más cercano vi una mota de polvo que flotaba ingrávida, muy lenta, con una armonía absurda y melancólica. Tenía la boca seca. Me incorporé a medias y cogí una garrafa. Era vinagre frío. Daba lo mismo. Si hubiera sido alquitrán hirviendo también me lo habría bebido. Al moverme sentí unos pinchazos dolorosos, miles de agujas por todo el cuerpo, como si la sangre no hubiera circulado en años. Aún sentado, pude observar cambios sustanciales. La base del faro seguía ejerciendo de almacén, sí, pero ahora lo notaba mucho más lleno, abarrotado de cajas, sacos y baúles. Me fijé. Eran míos. Batís entró en el faro.

–¿Cómo demonios ha podido cargar todo esto en media mañana? –dije con la voz del anestesiado que vuelve en sí.

–Lleva durmiendo cincuenta horas –contestó mientras dejaba caer un saco de harina que cargaba en un hombro. Me miré las manos, muy estúpido:

–Tengo hambre.

–Le creo.

No añadió ninguna nueva indicación, pero subí las escaleras tras él. Sin volverse ni detenerse comentó:

–¿No ha oído a los carasapo? ¿De verdad no ha oído nada de nada? Ayer por la noche por poco me dan un disgusto. Últimamente están más alborotados que nunca. –Y en voz más baja–: Escoria marina, escoria...

Levantó la trampilla y entramos en el piso. Siéntese, me ordenó, señalando una silla y una mesa. Le obedecí. Él se quedó mirando por el balcón, llenaba una pipa. Yo me frotaba la cara, con los codos sobre la mesa. Me puso un plato delante. Las manos que lo depositaban eran las de uno de ellos, dedos delgados y unidos por membranas. Salté de la silla en un acto reflejo, medio grito de espanto en la boca. Podía sentir el corazón latiendo a cañonazos. Volvía a estar en la isla.

–No hace falta que grite –dijo Batís–. Sólo es sopa de guisantes...

Caffó dio un chasquido con la lengua, igual que un campesino dándole el alto a su mula. El animalillo se escurrió trampilla abajo, fantasmalmente. No cruzamos más palabras hasta que acabé el plato.

–Gracias por la sopa.

–La sopa era suya.

–Pues gracias por ofrecérmela.

–La ha traído ella.

Ni cadenas ni ligaduras la retenían. Pregunté:

–¿No intenta huir del faro?

–¿Huye el perro del pastor?

Se hizo un silencio y no pude evitar cierta animosidad:

–¿Tiene alguna otra habilidad, aparte de transportar platos y cubos? ¿También le ha enseñado latín?

Me miró con dureza. No quería pelea pero estaba dispuesto a repelerla.

–No –replicó–. Ni latín ni griego. Sólo le he enseñado eso. –Y me mostró la culata del remington–. Vale por todas las lecciones de latín y griego juntas.

–Sí, claro –dije frotándome la cabeza. Una espantosa migraña me impedía seguir con la conversación.

–Pero si debo responder a su pregunta le diré que sí, que tiene algunas habilidades que la hacen muy valiosa. Cuando los carasapo se acercan, canta.

–¿Canta?

–Canta. Como los canarios. –Se le escapó la sombra de una carcajada profunda, macabra, muy fea, y añadió–: Supongo que tenerla trae buena suerte a su propietario. Que yo sepa, es la mejor mascota que se puede encontrar en los alrededores.

No dijimos nada más. No podía moverme de la silla. Mi cerebro funcionaba lentamente. Me costaba asociar las imágenes con las palabras que las definían. Consternado, poseído por el desconcierto de quien sobrevive a un alud, miraba la habitación, la cama, el balcón, a Batís inmóvil, una tronera, y nada tenía un sentido demasiado preciso.

–Quizá debería ponerle al corriente de la cosa –dijo Batís, asumiendo por pasiva mi estado–. Sígame.

Subimos la escalera de hierro que unía la vivienda con la planta superior. Allí, bajo la cúpula misma del faro, estaba la maquinaria de las luces. Un engranaje de relojería complejo; piezas de industria siderúrgica, macizas. En el centro de la sala, un generador que alimentaba los dos focos. Unos ejes de metal unían el generador y los dos focos. La instalación móvil descansaba sobre una especie de ferrocarril enano que bordeaba la habitación por la parte exterior. Batís accionó tres palancas y el conjunto empezó a moverse, superando la inercia estática con unos gañidos elefantinos.

–Como puede ver, he graduado el ángulo de los focos de modo que rastreen los contornos del faro. Así tengo una posibilidad de detectarlos cuando se acercan. Con cada nueva vuelta los focos cambian de inclinación. Enfocan, alternativamente, el pie del faro y a una cierta distancia. Puedo cubrir el bosque entero. Si hace falta, la luz baña incluso la casa del oficial atmosférico, en el otro extremo de la isla.

–Ya lo sé.

Ni yo mismo sabía si mis palabras eran una recriminación o una simple constatación. Batís ignoró sus dos sentidos.

–Podría hacer que la luz se limitara a enfocar la puerta, estáticamente. ¿Pero de qué me serviría? Esquivarían los focos. Con el movimiento continuo los obligo a moverse para rehuir el haz. Y, como todas las bestias infernales, odian la luz, divina o humana.

Aquél era el punto más elevado del islote y nos ofrecía una perspectiva magnífica. La tierra se extendía en forma de calcetín. El tejado de pizarra de la casa se recortaba al fondo de todo, en el talón del calcetín. A lado y lado de la costa, bordeándola, arrecifes de distintas dimensiones llenaban de lunares el océano. En la parte norte había uno más prominente que los demás, a unos cien o ciento cincuenta metros de la isla. Me fijé mejor, y vi que en la orilla sobresalía la proa de un pequeño barco.

–Portugueses –me informó Batís antes de que le preguntara nada–. No hace mucho, del naufragio. Venían de su colonia de Mozambique. Se dirigían a un puerto del sur de Chile. Llevaban una carga ilegal y por eso seguían una derrota tan alejada de las rutas comerciales. Era un barco de pequeño tonelaje, tuvieron problemas y querían hacer escala en la isla Bouvet. Pero tropezaron con los arrecifes –concluyó, con la indiferencia de quien rememora una anécdota de infancia.

–Supongo que usted, con su gentileza y diligencia habituales, les socorrió de inmediato ofreciéndoles refugio y vituallas –dije con un cinismo cargado de veneno.

–De todos modos no hubiera podido hacer nada –se medio defendió–. Naufragaron de noche, cuando los arrecifes son más peligrosos. La tripulación trepó a la roca que toca la proa. ¿Lo ve? Aquella pequeña superficie, sí. Naturalmente, fueron devorados antes de que saliera el sol.

–Y entonces, ¿cómo es que conoce detalles de la nacionalidad, ruta y destino que seguían los portugueses?

–Por la mañana aún quedaba uno vivo. No sé cómo lo consiguió, pero pudo refugiarse en una cabina de la proa, un minúsculo compartimiento situado en la parte emergida. Le podía ver la cara por el ojo de buey. Hablé a gritos con él, desde la costa. Al principio no nos entendíamos: el cristal era muy grueso, y sólo podía ver cómo movía los labios. Salió de la cabina, subió a cubierta y hablamos unos momentos. El pobre diablo se había vuelto loco, loco del todo. Al final me vació un revólver encima –Batís esbozó una sucia sonrisa–: me confundía con los carasapo. Da igual, tenía muy mala puntería. Luego volvió a la cabina, y allí se quedó, esperando la noche. Aún veo su cara, enmarcada por el ojo de buey. Pobre idiota. De haber conservado un poco de sentido común se habría reservado la última bala para él.

Podría hacerle muchos reproches a Batís. Pero el peor no eran los hechos que explicaba, sino el tono. Se refería a la suerte de aquellos desgraciados portugueses con una frialdad estremecedora. Sin añadir reflexiones. Sobre todo: sin emociones. Regresamos de nuevo a la vivienda. Me instruyó sobre la disposición y las tácticas defensivas del reducto. Básicamente concentraba sus esfuerzos en el balconcito. Las troneras medievales eran puntos de observación y posiciones de tiro, desde las cuales cubría los trescientos sesenta grados del faro. No le preocupaba que entrasen por las troneras, ya que los carasapo nunca cabrían por aquellas estrechuras y la piedra era demasiado sólida para perforarla. Si por algún lugar podían forzar la entrada era, justamente, por el balcón. Así se explicaban las estacas puntiagudas y demás fortificaciones de las paredes. Un solo tirador mínimamente hábil podía repeler un ataque, por intenso o masivo que fuese.

–En consecuencia, la exposición del defensor en el balconcito es su peligro –reflexioné–. ¿Por qué no nos limitamos a cerrar los ventanales con esos postigos de hierro que usted les ha añadido?

–A la larga sería inútil –dijo–, los carasapo tienen fuerzas sobrehumanas. Acabarían desgastando el blindaje y la isla no tiene material para reponerlo. Encerrado en el interior sería un cautivo de mis propias defensas. Aunque agujereara una tronera me faltaría ángulo para disparar. No. El único método consiste en mantenerlos alejados a escopetazos.

Dijo todo esto y no tuve más remedio que admitir la sensatez de sus palabras. Después bajamos hasta la planta inferior. En el portón, muy robusto, había añadido tres barras de madera gruesa. Estaban puestas horizontalmente. Para retirarlas sólo había que encajarlas en la piedra, en unos agujeros laterales muy profundos hechos expresamente. En el exterior del faro Batís había ideado las defensas que yo ya conocía.

–Trepan como monos, son increíbles –dijo con admiración mal contenida.

Lo único que podía hacer era crear una telaraña de cuerdas y latas vacías para oírlos llegar; soldar las piedras con pasta de papel hervido y mezclado con arena; hincar clavos y cristales rotos.

–No tire jamás un clavo oxidado o una botella vacía –me advirtió en un tono de mercenario–; en el reino de los carasapo la divisa oficial se llama cristal, y el clavo es la especie más valiosa.

No tenía mucho más que decirme. Por la tarde me llegué hasta la casa del oficial atmosférico. Comparada con el faro me parecía una cajita de cerillas, frágil, indefendible y misérrima. Batís se lo había llevado todo menos mi colchón. Hice que la mascota viniera conmigo, por prudencia –no estaba nada seguro de encontrar la puerta del faro abierta a mi regreso–. Pero en esa ocasión no me dio ningún disgusto. La raza de los germánicos es así. Inteligencia larga y estrecha, que avanza en línea recta hasta que los acontecimientos violentos la obligan a girar noventa grados. Al menos aparentemente, mi presencia se aceptaba con la fuerza de los hechos consumados.

Una vez en el faro coloqué el colchón en un rincón de la planta baja. Allí dormiría. A los pies de la pared más próxima al mar. Las noches de temporal las olas saltarían los arrecifes, batirían contra el edificio y sólo la piedra me separaría del mar embravecido. Pero el faro era una obra fuerte, y saberme tan cerca del oleaje, y al mismo tiempo tan resguardado por sus paredes, me ofrecía la sensación gratificante de la sábana infantil, refugio que nos ampara de los peores temores.

Había acabado de preparar un paramento mínimo cuando Batís me llamó. Asomaba medio cuerpo por la trampilla abierta, allá arriba:

–¡Kollege! ¿Ha cerrado bien la puerta? Suba. Los carasapo vienen de visita.

Una atmósfera bélica impregnaba el piso. Batís iba de un lado a otro, miraba por las troneras, un instante, reunía municiones, pertrechos diversos y bengalas –de mi equipaje, por cierto.

–¿A qué espera? ¡Coja su fusil! –me dijo sin mirarme. Aquel que había sido un adversario se convertía, de repente, en hermano de armas.

–¿Está seguro de que hoy atacarán?

–¿Vive el Papa en Roma?

Ocupamos el pequeño balcón, él a la derecha y yo a la izquierda, ambos de rodillas. Apenas nos separaba un metro y medio, y el espacio entre el umbral y la barandilla era tan estrecho que ni siquiera alcanzaba los tres palmos. Por encima, por los lados y, también, por debajo, docenas de estacas de dimensiones variables surgían como cuernos de unicornio, apuntando en todas direcciones. Algunas aún mostraban manchas de sangre azul seca. Batís estrechaba contra el pecho su escopeta. A su lado, en el suelo, el remington y tres cilindros de bengalas. Había encendido el faro. El ruido de la maquinaria nos llegaba amortiguado, un traqueteo de péndulo, más fuerte cuando los vagones de los focos circulaban justo por encima de nosotros, más leve cuando se alejaban. La luz barría la base de granito y, un poco más allá, con oscilaciones, la frontera del bosque. Pero no aparecían. Ráfagas de viento helado arrastraban pequeñas ramas. Un viento que silbaba y mugía, indiferente a las emociones que despertaba. Cuando los focos cubrían la zona posterior del faro, una oscuridad casi absoluta se apoderaba del paisaje.

–¿Cómo sabe que vendrán por aquí? El mar está detrás de nosotros. Si salen del agua escalarán la parte opuesta del faro –dije.

–El mar está por todos lados, esto es un islote. Y que sean bestias no significa que ignoren las puertas. Detrás de una puerta hay carne –Batís advirtió mi agotamiento, del que no me había recuperado del todo, y mi nerviosismo, y añadió–: Si quiere, retírese. Munícioneme, o dele al ron, como prefiera. He vivido suficientes ataques solo como para necesitar a nadie.

–No, no me voy –dije, y añadí–: tengo demasiado miedo.

Las latas que colgaban de los muros resonaron. Es el viento, el viento, es sólo el viento, me calmó él con una mano pausada. Yo necesitaba disparar contra alguna forma, que no se presentaba. Batís movió la cabeza como un camaleón y proyectó una bengala. La luz roja voló hacia arriba, dibujó un arco y cayó lentamente. Una amplia superficie se iluminó de color granate. Pero no estaban. Una segunda bengala, esta vez verde. Nada. La fosforescencia moría y sólo reflejaba piedras y árboles sacudidos por el viento.

–*Mein Gott, mein Gott...* –murmuró de repente Batís–. Los carasapo son más numerosos que nunca.

–¿Dónde están? Yo no veo nada.

Pero Batís no respondía. Estaba muy lejos de mí, a pesar de estar allí, a mi lado. Tenía los labios separados y húmedos del idiota, como si mirara hacia el interior de su espíritu en vez de vigilar los exteriores del faro.

–No veo nada. ¡Caffó! No veo nada. ¿Por qué asegura que son muchos?

–Porque canta mucho –respondió en un tono mecánico.

La mascota había iniciado una tonada de ascendencia remotamente balinesa, una melodía que sería inútil describir, una música que rehuiría cualquier pentagrama. ¿Cuántos humanos habrían escuchado aquella canción? ¿Cuántos seres humanos, desde los inicios de los tiempos, desde que el hombre es hombre, habrían tenido el privilegio de escuchar esa música? ¿Solamente Batís Caffó y yo? ¿Todos aquellos que en algún momento se han enfrentado a la última batalla? Era un himno espantoso y era un salmo bárbaro, y era bello en su malicia ingenua, muy bello. Tocaba todo el espectro de nuestros sentimientos, con la precisión de un bisturí; los mezclaba, los alteraba y los negaba tres veces. La música se emancipaba de la intérprete. Cantaban cuerdas vocales que la naturaleza había creado para expresarse en profundidades abismales, la mascota sentada con las piernas cruzadas, tan ausente de la escena como Batís, como los monstruos, que no aparecían. Sólo un hombre que nace o un hombre que muere puede estar tan solo como lo estuve yo aquella noche, en el faro.

–Ahí están –anunció Batís.

La invasión del islote se había producido por algún punto distante. Salían del bosque. Rebaños enteros de monstruos, a ambos lados del camino. Más que verlos los intuía. Oía sus voces, un ruido de gárgaras multiplicadas por cien, por doscientos o quizá por quinientos. Se acercaron poco a poco, un ejército sin forma. Veía sombras y escuchaba las gárgaras cada vez más cerca. Dios mío, aquel ruido de gargantas, imaginemos a alguien que vomitara ácidos. Detrás de nosotros la mascota interrumpió los cánticos. Y por un instante se diría que las bestias también renunciaban al faro. Se detuvieron justo en el límite que marcaba el foco. Pero de repente cargaron con un brío unánime. Corrían y saltaban, las cabezas a distintas alturas. El tropel avanzaba e, inevitablemente, muchos de los monstruos fueron retratados por el foco. Disparé frenéticamente en todas las direcciones. Algunos caían, muchos reculaban, pero había tantos que la mayoría seguía adelante. Habría necesitado una ametralladora. Disparé, enloquecido, hasta que Batís me cogió el fusil por el cañón. Quemaba, pero la piel de su manaza no se resentía.

–¿Pero qué diablos hace? ¿Ha perdido el juicio? ¿Cuántas noches de resistencia nos quedarán si gasta la munición con tanta alegría? No quiero fuegos artificiales. ¡No dispare hasta que yo lo haga!

Lo que siguió fue una lección macabra. El enjambre de monstruos se arremolinaba contra la puerta. No podían forzarla y no podían escalar la pared. Pero eran suficientes para improvisar torres de cuerpos. Aquello era un magma de brazos, de piernas y de torsos desnudos. Sin ningún orden, empujándose caóticamente, unos subían encima de los otros y la montaña ganaba metros. Batís aún se contuvo un poco, con una sangre fría que aterrorizaba. Cuando el más elevado casi rozaba las primeras estacas con las garras, Batís sacó los dos cañones de su escopeta por la barandilla. El disparo hizo que el cerebro del monstruo explotase, fragmentos de cráneo volaron como metralla. La bestia cayó y con ella rodó la torre.

–¡Así, así se hace! –bramó Batís–. ¡A su izquierda!

Una torre similar ascendía por mi lado. Yo tuve que abatir a un par de ellos para derrumbarla. Caían relinchando como hienas heridas, rodaban y pequeñas multitudes se llevaban los cadáveres.

–No dispare contra los que huyen, ahorre balas –me avisó Batís–. Si les damos bastante carroña se devorarán entre ellos.

Y, en efecto, tenía razón. Cuando una torre se desmoronaba los monstruos hacían pensar en un hormiguero pisoteado. Entre cinco, seis, siete u ocho se apoderaban de los cadáveres y se iban. No tenían la virtud de la constancia y pronto se disgregaron. Se reintegraban a sus oscuridades con la estridencia de una bandada de patos silvestres. Cua, cua, cua, los imitaba Batís con desprecio, cua, cua cua...

–Siempre igual –dijo más para sí mismo que para mí–. Quieren zamparse al bueno de Batís Caffó y acaban tragándose a sus propios muertos. Escoria, escoria marina... ¿Pero con quién creen que estan tratando? ¡Cua, cua, cua! ¡Cua, cua, cua!

En ese momento Batís me pareció un ser extraordinariamente poderoso. Para mí la isla era un paisaje espantoso. Y él, con las manos en las axilas, aleteando los brazos, era capaz, incluso, de hallar espacios para la rechifla.

Aquella victoria marcó un punto de inflexión en los ataques. La noche siguiente tan sólo divisamos a un par de ellos, que ni siquiera se acercaron. La posterior, ruidos sin volumen. Mi tercera noche en el faro fue la primera en que no hizo acto de presencia ni un solo monstruo. Curiosamente no fue la más tranquila, porque no descansamos hasta el alba. Batís sabía por experiencia que los monstruos no seguían ninguna regularidad y podían atacarnos en cualquier instante. Esto no es un horario de ferrocarriles prusianos, me advertía.

* * *

Definitivamente había establecido mi residencia en la planta baja del faro. Al atardecer subía las escaleras y ocupaba mi lugar de combate, en el balconcito. Se sucedieron las noches y los días, y con el paso del tiempo se impuso algo parecido a una convivencia. ¿Quién era aquel hombre? Del antiguo oficial atmosférico no quedaban más vestigios que los que podríamos encontrar en cualquier náufrago veterano. Egoísta y huraño como un gato salvaje, su insociabilidad no era tanto una adaptación al medio cuanto una vía que sublimaba tendencias naturales. Pero pese a las pinceladas de barbarie, pese a los innegables defectos tabernarios, a menudo revelaba el carácter de un aristócrata despojado de sus propiedades. Brusco pero a su manera leal; y también de viva inteligencia, sí, aunque la palabra suene extraña. El Caffó más perspicaz se mostraba cuando llenaba la pipa de tabaco; comprimía la cazoleta con un ojo salvaje, siempre atento al exterior. En aquellos momentos recordaba a uno de esos volterianos que hacen esfuerzos de imaginación y nacen barricadas. Era el modelo de hombre circunscrito a una verdad solitaria y sólo una, pero fundamental. Tenía la virtud de simplificar. Se podría decir que simplificaba tanto, y tan bien, que incluso él era capaz de entender la base del problema. Cuando abordaba aspectos técnicos, por ejemplo, tenía una mente serena y clara. En aquel campo era insuperable, y a eso debía su supervivencia. En otros momentos, en cambio, caía y decaía hasta una estética de cosaco desertor. Filósofo de la musculatura, de principios higiénicos más que ordinarios, cuando comía parecía un auténtico rumiante. Su respiración era abrupta y estridente, se podía oír a metros de distancia. También se reservaba espacios para el iluminado que vive de mitos propios. Con cada gesto, cada desprecio, anunciaba que él no estaba hecho para el mundo, sino el mundo para él. Como un césar loco, personaje que escucha el galope de caballos invisibles y decapita a millares.

Pero no sentía temor, ni siquiera desconfianza. Pronto entendí que de él podía esperarse la solidaridad de los cuervos. Fuese por una nobleza intrínseca o por la capa de primitivismo que el islote imprimía, lo notaba muy lejos de la tentación traidora. Batís vivía de cara al futuro –aunque en su caso «futuro» era una palabra que sólo incluía el mañana–, nunca de cara al pasado, y una vez estuve dentro del faro lo acepté como un hecho consumado. Mi presencia abolía nuestra historia común, mezquindades, animadversión y chantajes.

Y yo vivía una época de excepción, estaba dispuesto a aceptar todos los inconvenientes en nombre de la supervivencia. No eran las grandes diferencias de personalidad lo que me molestaba; las asumía. Pero, al igual que en los matrimonios, los dramas más insufribles los causaban las pequeñas cosas. Por ejemplo: su falta casi absoluta de sentido del humor. Batís sólo se reía en solitario, nunca en complicidad. Cuando bromeaba, cuando le explicaba chistes fáciles, me miraba con aire desconcertado, como si él mismo fuese consciente de esa debilidad interior suya que le impedía percibir la gracia.

Recuerdo una mañana. Lloviznaba y al mismo tiempo hacía un sol espléndido. Yo estaba leyendo el libro de Frazer, que, según me había dicho Batís, no le pertenecía a él, sino al faro. Es decir, que alguno de los constructores lo había olvidado. Leía sin demasiado interés, aletargado, y Batís pasó por delante. Reía y reía con la cabeza gacha, conteniéndose a medias. Nunca sabré si con ello quería expresarme algo o simplemente pasaba por allí. Reía y reía, con el final de una especie de chiste en la boca:

– ... no era sodomita, era italiano.

Una risa de caverna que se autoalimentaba. No era sodomita, era italiano, repetía. Subió las escaleras, riéndose y repitiendo el final de aquel relato incógnito.

La segunda vez que lo vi reír tiene más historia. Después de un ataque bastante violento yo me retiré a mi colchón. Clareaba y el peligro se desvanecía. Me preparaba para dormir cuando unos ruidos me arrancaron de la cama. Primero fueron unos gemidos de la mascota. ¿Azotes? A los sonidos de la mascota pronto se les sobrepusieron los de un Batís íntimo. No me podía creer lo que me decían mis oídos, hasta pensé en una alucinación auditiva. No, no lo era. Eran gemidos, sí, pero de placer. Allá arriba la cama hacía que el piso retemblara rítmicamente. Pequeñas virutas de madera se desprendían del techo y caían sobre mí, como si nevara dentro del faro. Pronto me vi con los hombros y los cabellos manchados de serrín. La constitución esférica del faro difundía los sonidos, con ecos, y mi imaginación difundía la imagen, con incredulidad. La cópula duró una hora, o dos, hasta que un *in crescendo* de ruidos y movimientos la cortó en seco.

¿Cómo podía fornicar con uno de aquellos mismos monstruos que nos asediaban cada noche? ¿Qué ruta mental había seguido para salvar los obstáculos de la civilización y la naturaleza? Aquello era peor que el canibalismo, que puede llegar a entenderse en situaciones desesperadas. La incontinencia sexual de Batís requería un estudio clínico.

Naturalmente, la discreción y los buenos modales no me permitían comentar la zoofilia de sus genitales. Sin embargo, era obvio que yo lo sabía, y si él no hablaba de ello era más por desidia que por pudor. Un día fue el propio Batís quien hizo una referencia fugaz a la cuestión. Sin que me interesase ni mucho ni poco, mi comentario fue de orden clínico:

–¿Y no sufre dispareunia?

–¿Dispaqué?

–Dispareunia, coito doloroso.

Comíamos juntos, en la mesa de su piso. Se quedó con la cuchara a medio camino de la boca, abierta. No pudo acabarse el plato. Reía tanto que pensé que se le iba a desencajar la mandíbula inferior. Reía haciendo fuerza con el estómago, el pecho y el cuello. Se daba golpecitos en los muslos y parecía que iba a perder el equilibrio. Soltaba lagrimones, hacía una pausa para enjugárselos y volvía a reír. Rió y rió; se dedicó a pulir un fusil pero no podía dejar de reír. Estuvo riendo hasta que oscureció y la noche exigió todas nuestras atenciones.

En cambio, otro día, cuando casualmente salió el tema de la mascota y pregunté por la razón de aquella absurda vestimenta de espantapájaros, de aquel jersey sucio, dado de sí y deshilachado, la respuesta fue tan rotunda como tajante:

–Por decencia.

Así era aquel hombre.

VII

11 DE ENERO

Según el filósofo japonés, son pocos los que aprecian el arte de la guerra. Batís Caffó es uno de ellos. Durante la noche hace la guerra, durante el día hace el amor. Es difícil saber cuál de las dos actividades le apasiona más. Ha descubierto que en mi equipaje había un par de cepos para lobos. Unos hierros crueles como mandíbulas de tiburón. Con entusiasmo, ha puesto las trampas a distancia de blanco seguro. Moderado ataque nocturno. Un par de monstruos han quedado atrapados, los ha matado a tiros –un hecho innecesario si seguimos al pie de la letra su doctrina de economizar recursos. Por la mañana se ha llegado hasta los cepos. Lo guiaba un deseo inconfesado de obtener trofeos. Sin embargo, los monstruos, en su vehemencia carnívora, se han llevado los cadáveres, y con ellos los cepos.

Esto lo ha frustrado.

13 DE ENERO

Ampliando a Musashi: el buen combatiente no se define por la causa que defiende, sino por el sentido que sabe extraer de la lucha. Por desgracia, el aforismo no tiene ninguna validez en el faro.

14 DE ENERO

Por la noche, a primera hora: cielo inhabitualmente limpio de nubes. Fantástico espectáculo de estrellas y estrellas fugaces. Esto me conmueve hasta las lágrimas. Reflexión sobre la latitud y el orden estelar. Estoy tan lejos de Europa que las constelaciones alteran su ubicación en el firmamento y no las reconozco. Pero no hay ningún desorden, aceptémoslo; el desorden sólo existe en la medida en que somos incapaces de reconocer órdenes y posiciones diferentes. El universo no es susceptible de desorden; nosotros sí.

16 DE ENERO

Nada. Ningún ataque.

17 DE ENERO

Nada.

18 DE ENERO

Nada. ¿Dónde están?

19 DE ENERO-25 DE ENERO

El verano austral se extingue con timidez, pero con timidez apoteósica. Hoy he visto una mariposa. Aquí, en el faro. Se ha paseado con vuelo errático, indiferente a nuestro calvario. Caffó ha intentado aplastarla de un manotazo, aunque sin demasiado interés. Habría sido un crimen, el frío avanza y sé que no volveremos a ver otra. Pero sería imposible discutir esto con alguien como él.

A este sentimiento podríamos añadirle una reflexión menos filosófica y más inquietante. En verano las noches eran muy cortas. Ahora avanzan inexorablemente hacia el invierno, es decir, hacia la oscuridad. Puesto que los ataques siempre son nocturnos, y la oscuridad se dilata más y más cada jornada, ¿qué ocurrirá cuando las noches duren veinte o más horas?

26 DE ENERO

En las reducidas dimensiones de nuestra isla la mirada erosiona los objetos. Ha recorrido mil veces todas las superficies. Hablamos de los dominios del faro como de una provincia. Cada rincón tiene su nombre, cada árbol, cada piedra. Una rama de formas peculiares es inmediatamente bautizada. Y así, las distancias transforman su esencia. Si alguien nos oyera pensaría que nos referimos a lugares remotos, pero todo lo que existe está a un paso.

El tiempo también se convierte en una idea relativa. Una gota suspendida en el hilo de una telaraña puede tardar siglos en caer; a veces, en cambio, parpadeo y ha transcurrido una semana.

27 DE ENERO

No puedo evitar que la peculiar acústica del faro me transmita murmullos eróticos. Generalmente Batís escoge la última hora de la noche para empezar, cuando yo me retiro del balcón y de su piso. Puede prolongar la actividad dos, tres e incluso cuatro horas. Sus gemidos se suceden con regularidad taquigráfica. Gime como un hombre sediento que cruza el desierto, una agonía monótona. A veces creo que sería capaz de mantener el ritmo sincopado días enteros.

Curiosa poliorgasmia de la mascota. Puedo ir siguiendo la excitación permanente, los espasmos que se aceleran y el clímax que culmina la obra. Cada minuto y medio, a lo sumo, la efervescencia explota con unos chillidos volcánicos, largos, larguísimos, sostiene el placer veinte segundos enteros y, en vez de decaer, recomienza. Indiferente, Batís la ataca una y otra vez, hasta que el placer se extingue con una blasfemia.

28 DE ENERO

Nuestra dieta incluye cangrejos. En Europa no los querría nadie. Tienen el caparazón muy grueso, y debajo mucha grasa y poca carne. Pero nosotros nos conformamos, y con mucho gusto, qué remedio. Al principio –ingenuo de mí– la isla me vio dando saltitos ridículos por los arrecifes de la costa. Los cangrejos me evitaban fácilmente, escondiéndose por las hendiduras. Las olas chocaban contra las concavidades de las rocas, con un ruido sordo, y la espuma me iba mojando. Esto resultaba más peligroso que divertido. Yo sólo quería contribuir a la despensa del faro, pero el agua fría me agarrotaba los dedos. Hacía tiempo que no blasfemaba tanto. Por suerte Batís pasaba por allí y me dijo:

–Parece una cabra coja, Kollege.

Se dirigía al bosque con el hacha al hombro. Tras él iba la mascota. Con un chasquido de los labios le dio una orden. Ella se deslizó entre las piedras como una serpiente. Pescaba cangrejos con una facilidad insultante. También arrancaba una especie de mejillones tan adheridos a la piedra que yo ni siquiera me había planteado conseguir, porque estaba seguro de que me harían falta un cincel y un martillo. A ella le bastaban las uñas. Yo sólo tenía que abrir la cesta. A veces, antes de lanzar un cangrejo a la cesta, la mascota le arrancaba una pata y se la zampaba entera.

Mi aportación a la dieta del faro ha sido un tipo de hongos comestibles que he descubierto en el bosque. Se agarran a la corteza de los árboles, como los mejillones a las rocas, y necesito una navaja para extraerlos. No deben de tener demasiado valor nutritivo, pero los arranco igualmente. También machaco las raíces de algunas plantas del bosque hasta reducirlas a una pasta vitamínica.

Como Batís es un hombre tan silencioso y ensimismado, el siguiente diálogo merece ser transcrito.

–¿Y cómo sabe que no son malas hierbas? –dijo, mirando con desconfianza el jarabe que salía de las raíces tras mezclar la pasta con ginebra.

–Las hierbas, como las personas, no son ni buenas ni malas; son diferentes –repliqué, dando un trago–. Nos son conocidas o nos son desconocidas, nada más.

–El mundo está lleno de gente mala, muy mala. Sólo un cándido puede creer en la bondad humana.

–Que los individuos puedan ser mejores o peores por naturaleza es del todo irrelevante. La cuestión es si, una vez juntos, la sociedad que forman es buena o mala. Y el cómputo global de los hombres no depende de las inclinaciones del carácter. Imagínese a un par de náufragos, dos individuos especialmente detestables. Por separado pueden ser odiosos. Pero una vez juntos optarán por la única solución factible: aliarse para construir el mejor lugar para vivir. ¿A quién le interesan sus defectos particulares?

Pero no sé si me escuchaba. Se tragó la mezcla y dijo:

–En Austria tenemos *schnapps*. Me gusta más que la ginebra.

También pescamos. Mucho antes de mi llegada Caffó ya había establecido toda una galería de cañas en la costa sur, encima de unas rocas que se proyectan como pequeños istmos rodeados de agua por tres de sus lados. En contra de lo que pueda pensarse, nuestro problema no es la escasez de capturas, sino el exceso. Los peces de estas latitudes son rematadamente estúpidos, o tal vez sea que no tienen ninguna experiencia con los anzuelos. Pero son tan grandes y potentes que pueden arrancar la caña entera. Para impedírselo, Batís las insertó firmemente entre las piedras, como estacas. Diseñó y fabricó un sedal reforzado y unos anzuelos que parecen patas de pollo, con tres ganchos. Incluso así, periódicamente nos desaparece una caña. Al día siguiente del estirón aún podemos verla, arrastrada por las corrientes. Perder este material nos provoca unos ataques de odio que no sabemos contra quién dirigir. Sea como sea, deberíamos reconocer que la isla es una autarquía alimentaria. Las provisiones que traje conmigo complementan y alegran nuestra dieta, pero no dependemos de ellas.

29 DE ENERO

De mi jornada diaria. Al rayar el alba abandono la guardia en el balcón. Me deshago del armamento y me tiendo en el colchón, a menudo aún vestido. Mi conciencia se apaga como el quinqué de petróleo, de un soplo, y duermo tanto como me pide la naturaleza. Desde que estoy en el faro, no recuerdo ningún sueño.

Generalmente me despierto a mediodía, o más tarde. Desayuno en un plato de aluminio, como el de los presidiarios. Si el tiempo es excepcionalmente benigno puedo llevarme el plato afuera. Vuelvo al interior: *toilette*. Éste es para mí el mejor momento del día. De la revisión periódica deduzco que mis cabellos han mudado de color para siempre, al menos en la nuca. El miedo de los primeros días los transfiguró hasta el gris ceniza y así siguen. Acto seguido me visto. De mi vestuario: los pantalones que más me pongo están hechos de un tejido basto pero óptimo para las tareas más duras. Por encima de las camisetas, un jersey marinero de cuello de cisne. Los primeros días también llevaba una chaqueta que me llegaba hasta la cintura, de color caqui, con dos bolsillos muy hondos en el pecho, donde ponía las municiones como si fuesen caramelos. Y aquí una ironía que raya en la parodia: inexplicablemente, no advertí que era una vieja guerrera del ejército inglés hasta que Batís me lo hizo saber. Alguien la había dejado abandonada en un rincón del faro. Quizá formaba parte del almacén militar, del depósito de una guarnición que nunca apareció. A pesar de su utilidad, la lancé al mar. Batís me tachó de loco.

Hago gimnasia dos días a la semana, aunque llueva, que es lo más habitual. Como aquí no hay barberos me corto el pelo al estilo de un paje medieval. En cuanto al afeitado, no claudico. ¿Por qué me gustarán tanto unas mejillas perfectamente rasuradas? ¿Por higiene? ¿Porque así me impongo una disciplina diaria? Creo que no. La respuesta es que, en algunas ocasiones, la frontera entre la barbarie y la civilización depende de actos tan nimios como un buen afeitado. La barba espesa de Caffó me espanta. La cuida muy poco. A golpe de hachazos, se diría. Lo peor de todo es cuando toma baños de sol en el exterior, sentado en el suelo y con la espalda contra el muro del faro. Se queda inmóvil como un cocodrilo y mientras tanto la mascota hurga en su barba con gran habilidad. Un día entendí que lo hacía para comerse los piojos que encuentra.

Después del aseo me dedico a tareas que comparto con Batís. Recojo leña. Tardará en secarse y debemos apilarla mucho antes de quemarla, al amparo del faro. Tal vez sea éste un trabajo inútil, pero ofrece una ilusión de futuro. Recojo las cañas de pescar, que escondo en el faro. Reparo y refuerzo el entramado de latas, busco clavos oxidados y rompo botellas –racionando el cristal– para hacer más hostiles las fisuras entre las piedras. Nadie que no haya vivido aquí, en el faro, entenderá nunca la obsesión que representa un centímetro libre entre clavo y clavo o cristal y cristal. También hago estacas nuevas, cuento la munición que nos queda y dosifico los víveres. Por regla general Batís no discute mis iniciativas cuando propongo, por ejemplo, esculpir una estrella en la cápsula de las balas para convertirlas en proyectiles de fragmentación, o perforar el granito que rodea la construcción del faro. En los agujeros instalamos más estacas, de tan sólo un palmo y muy puntiagudas, a fin de que los monstruos se hieran las plantas de los pies. Es una idea de campamento romano. Obviamente, ello no impide que se acerquen, pero se lo pone más difícil. Eso sí, con esta innovación nuestro entorno se ha vuelto aún más lúgubre.

Hasta que anochece dispongo de tiempo libre, si es que esta expresión puede tener algún valor aquí, en el faro.

1 DE FEBRERO

Bonito atardecer. El día se retira como si el horizonte fuese una gran tramoya; absorbe la luz, la hunde, y sobrepone oscuridades. Es como si un pincel gigantesco pintara el cielo de negro destacando pequeñas chispas, que son las estrellas. Mientras hago guardia compruebo que un monstruo madrugador nos acecha, un monstruo anormalmente pequeño. No debería haberlo visto porque se oculta muy hábilmente. Pero resulta que se encarama al mismo árbol que utilicé yo cuando quería matar a Batís –eso lo descubre. Me observa como un búho con brazos. Estoy sentado en un taburete, fumando. Dejo el cigarrillo en la barandilla y le apunto con parsimonia. El monstruo no relaciona mi postura con una muerte inminente. Sigue en el árbol, mirándome sin entender. Tengo su corazón en el punto de mira. Un disparo. El cuerpo cae arrastrando hojarasca, por un instante lo pierdo de vista. Pero antes de llegar al suelo se le enredan las rodillas en las ramas. Los brazos se balancean, está muerto. El proyectil le ha traspasado el pecho.

Batís me riñe, una bala innecesaria. Le recuerdo el episodio de los cepos. ¿O no era innecesario disparar contra monstruos inmóviles y por tanto inofensivos? Tenemos que ahorrar, dice él, la munición es la vida. Yo traje la munición, le replico, y la gasto cuando quiero. Discutimos toda la noche como dos criaturas.

2 DE FEBRERO

Hoy los monstruos se han pasado la noche entera chillando desde la oscuridad sin atacarnos, muy curioso. Intento hablar con Batís sobre nuestra anterior vida en Europa, sin ningún éxito.

Es imposible establecer la menor complicidad con este hombre. No es que se niegue a hablar, no es que me esconda nada. Pero la conversación banal y distendida, simplemente, no le interesa. Cuando le comento cosas mías, asiente con la cabeza. Cuando le pregunto cosas suyas, responde con monosílabos, siempre atento a las oscuridades que circundan el faro. Y así hasta que renuncio. Imaginemos a dos personas durmiendo en la misma habitación, y hablando en sueños: ésta es la naturaleza más exacta de nuestros diálogos.

5 DE FEBRERO-20 DE FEBRERO

Nada. Esta nada incluye el hecho de que la mascota no canta –eso es bueno–. Mis contactos con ella son mínimos. O fornica con Batís o la ocupan tareas simplísimas o me rehúye porque recuerda nuestro primer contacto con memoria de perro apaleado. Cuando sale del faro, por ejemplo, forzosamente ha de coincidir conmigo. Acelera el paso y mantiene distancias, como un gorrioncillo.

Cuando miro a la mascota, a veces, me vienen escalofríos. De una observación sucinta se deduce que es cuadrumana, termostática, daltónica, biliosa y abúlica. Pero tiene formas tan antropomórficas, modos tan humanos, que hay que hacer auténticos esfuerzos para resistir la tentación de entablar conversación con ella. Hasta que topamos con una inteligencia de mosquito: no nos mira, no nos escucha; no nos ve, no nos oye. Vive en una órbita solitaria. Aquí tiene un contacto con Batís.

22 DE FEBRERO

Batís se ha emborrachado, algo muy poco frecuente en él. Lo he visto bebido, en una mano la botella de ginebra y en la otra el fusil. Bailaba como un zulú sobre el granito donde se eleva el faro. Después ha desaparecido por el bosque y no ha regresado hasta última hora. Mientras tanto, aprovechando su ausencia, he capturado a la mascota y me la he llevado a un rincón, a pesar de la resistencia que me oponía. Muerta de miedo, no ha entendido que sólo quería palparle la cabeza.

El cráneo es perfecto. Me refiero a una perfección lisa, una esfericidad limpia de asperezas. Una bóveda espléndidamente redonda, sin hoyos, sin bultos. ¿Será así para soportar las presiones abismales? No tiene las concavidades de los criminales de nacimiento, tampoco las protuberancias de los genios prematuros. Sorpresa del frenópata: ningún desarrollo especial de la zona parietal u occipital. Tiene un volumen ligeramente menor que el de las mujeres eslavas y una sexta parte más dilatado que el de la cabra bretona. La cojo por las mejillas y la obligo a abrir la boca. No tiene amígdalas, en su lugar aparece un segundo paladar, que debe de servir para impedir la entrada de agua. Padece anosmia y no percibe los olores. En cambio, sus orejitas pueden oír sonidos que a mí me resultan inaudibles, como sucede con los cánidos. A menudo se queda embelesada, tiene lapsos de desvanecimiento durante los cuales pierde el oremus en beneficio de quién sabe qué voces, melodías o invocaciones. ¿Qué oye la mascota? Imposible adivinarlo. Membranas en las manos y en los pies, de anchura y longitud más moderada que las de los machos. Puede separar los dedos superiores e inferiores en un ángulo imposible para los humanos. Imagino que es un movimiento que hacen los monstruos en el agua para ganar impulsos de natación. Para desnudarla debo abofetearla, porque se opone. El cuerpo es de una arquitectura admirable. Las jóvenes de Europa desfallecerían si viesen su silueta –eso sí, para desfilar en los salones necesitaría guantes de seda.

Como oficial atmosférico me consta que el islote se sitúa en una región marítima particular, frecuentada por corrientes cálidas. Esto explicaría muchas cosas. Desde la abundancia de la vegetación superior y el retraso en las primeras nieves invernales –que ya deberían haber caído– hasta la presencia de estas bestias por los alrededores. Si proliferasen en todos los mares y océanos la humanidad tendría referencias históricas sobre ellas, más allá de la leyenda. También he leído que los peces polares disponen de anticongelantes en la sangre. Es su caso, y justifica la sangre de color azul, supongo. ¿Cómo entender, si no, que organismos complejos que habitan océanos fríos no acumulen capas de grasa? Musculatura de mármol, una piel tersa y con deliciosos barnices de verde salamandra. Imaginemos a una ninfa de los bosques con piel de serpiente. Los pezones son negros y pequeños como botones. Le he puesto un lápiz bajo los pechos, pero se cae, como si un hilo invisible los empujara hacia arriba. Con estas manzanas, Newton habría tenido muchos problemas para elaborar su teoría. Aquí se hace imprescindible la referencia francesa, según la cual unos pechos perfectos deben caber en una copa de champán. La musculatura de todo el cuerpo revela salud y energía, adiós corsés. Caderas de bailarina y vientre plano, planísimo. Glúteos más compactos que el granito de la isla. Cutis uniforme con el resto de la piel, cuando en los humanos, tan a menudo, la textura de las mejillas y del resto del cuerpo no suelen ser homogéneos. En la mascota una fina película sepulta la menor porosidad. Ni rastro de raíces de pelos en las axilas, el cráneo o el pubis. Los muslos son un milagro de esbeltez y se ajustan a las caderas con una exactitud que ningún escultor podría reproducir. En cuanto al rostro, perfiles egipcios. La nariz es una aguja que contrasta con la esfericidad del cráneo y de los ojos. La frente sube lentamente como un acantilado dulce, muy dulce, ningún busto romano se le equipara. El cuello recuerda al de las doncellas estilizadas de las pinturas renacentistas.

La llevo a un rincón oscuro y tiembla de miedo, idiota, una vaca tampoco entendería las razones manipuladoras del veterinario. He encendido una vela, y se la he acercado y alejado alternativamente de los ojos. La luz excesiva reduce las pupilas, que se convierten en una ranura mínima, como en los felinos. Al observarlo no he podido evitar un estremecimiento: los ojos son unos espejos prodigiosamente azules, más redondos que ovalados. Brillo de ámbar, un líquido ocular con densidad de mercurio. Me he visto allá dentro, mirándola, es decir, mirándome. He estado a punto de desistir. Cuando uno se ve reflejado en los ojos del monstruo experimenta vértigos ridículos pero poderosos, que sólo me acuse quien haya participado en la experiencia.

Es imposible observarla y mantener las distancias. Cuando la toco, me involucro. La palma de mi mano se deposita en su mejilla. Y mi mano huye horrorizada, como si me electrocutasen. Uno de nuestros instintos más primarios es aquel que relaciona el contacto humano con el calor; no hay cuerpos fríos. Su temperatura hiere. Recuerda la frialdad de un cadáver, a quien la vida ya ha abandonado.

25 DE FEBRERO

Han aparecido. Son muchos. Nuestra ración diaria de municiones es de seis balas, y hemos tenido que disparar ocho.

26 DE FEBRERO

Entre Batís y yo hemos gastado diecinueve balas.

27 DE FEBRERO

Treinta y tres.

28 DE FEBRERO

Treinta y siete.

1 DE MARZO-16 DE MARZO

Demasiado ocupado batallando por mi vida para escribir. Y todo aquello que podría ser escrito no merece ser recordado.

18 DE MARZO

Los asaltos remiten ligeramente. Durante un buen rato he estado contemplando el faro, y el balcón, desde el bosque. Batís se ha sentido atraído por mi actitud y, sin decir nada, se ha incorporado a la observación. Estaba a mi lado, nuestros hombros se rozaban. Un aspecto despertaba mi curiosidad: mirar el faro desde la perspectiva de los monstruos, entrar en las tinieblas de su mente carnicera para saber cómo me ven ellos. Batís, al cabo de un rato:

–Pues yo no veo ningún hueco en las defensas.

Y se ha ido.

20 DE MARZO-21 DE MARZO

Nos observan sin atacarnos. Al principio esto resultaba inquietante, después sólo curioso. Generalmente son formas huidizas. De tanto en tanto los podemos ver, entre los árboles o entre dos aguas. Cuando los focos los localizan, se desvanecen.

La noche amplía sus dominios. Ahora sólo se nos conceden tres horas de luz. El resto es patrimonio de la noche. El sol se despide de nosotros antes de que amanezca. ¿Cómo describir en el papel el terror que esto entraña? En condiciones normales, estar aquí, en la isla, ya sería una experiencia formidable y angustiosa. Con los monstruos rodeándonos supera los límites del entendimiento. A menudo, aunque parezca extraño, las pausas entre los ataques son peores que los propios ataques. Dentro del faro, entre penumbras de quinqués, nos llegan los ruidos fusionados del viento, la lluvia y el mar, y esperamos el nuevo día, y esperamos, y seguimos esperando, y no podemos saber si llegará antes la luz o la muerte. Nunca hubiera pensado que el infierno podría ser algo tan simple como un reloj sin agujas.

FINALES DE MARZO

Descubro que Batís sabe jugar al ajedrez. Este hecho, aparentemente tan anodino, actúa como un islote de civilización entre tanta locura. Tres partidas. Dos empates y una victoria. ¿Por qué iba a tener que apuntar quién se la ha atribuido?

4 DE ABRIL

Mediodía. Jugamos al ajedrez. Al anochecer nos asaltan seis veces, en oleadas sucesivas. Disparo tanto que el cañón de mi fusil quema. Era necesario, y Batís no ha dicho nada sobre el dispendio de balas.

8 DE ABRIL

Practico aperturas románticas que se despeñan contra las defensas de Caffó. En esto es muy hábil. Se enroca y mi ofensiva pierde material lentamente. Las concomitancias entre el hombre y el jugador de ajedrez son demasiado evidentes como para añadir notas. Por todas partes la mentalidad batistiana o caffotista, como se quiera.

Los monstruos han gritado más allá del alcance de los focos, en las tinieblas. Más o menos como carroñeros en disputa. Después nos han atacado de un modo extraño, pero se han dispersado antes de que disparásemos. Misterio. Lo peor de todo es la inexistencia de lógica entre los monstruos. Eso los hace imprevisibles.

10 DE ABRIL–22 DE ABRIL

Medito sobre las pretensiones que me trajeron a la isla. Buscaba la paz de la nada. Y en vez del silencio, encuentro un infierno repleto de monstruos. ¿Qué nuevos significados deberían descubrir mis ojos? ¿Cuál sería la interpretación correcta, según mi tutor? Pienso mucho en él. Por más que me lo pregunto, por más que me interrogo, sólo puedo constatar una evidencia espantosa que todo lo invade: monstruos, monstruos y más monstruos. Nada que ver, nada que juzgar, nada que considerar.

23 Y 24 DE ABRIL

Horrorosos combates cuerpo a cuerpo. Los disparos a quemarropa esparcen vísceras, materia gris y sangre de color azul por el balcón. Los monstruos, por dos noches consecutivas, han trepado tan alto que los hemos tenido que repeler a patadas y hachazos. En estas situaciones Batís muestra su faceta más salvaje. Cuando los tenemos demasiado cerca, cuando brazos y piernas asaltan las últimas almenas de estacas, Batís abandona con un grito de guerra. Yo continúo disparando, cubriéndolo un paso por detrás, él coge su arpón con una mano y el hacha con la otra. Pincha con un instrumento y corta con el otro. Hiere, mutila y mata con energías caóticas, sus miembros se convierten en una hélice asesina. Es un auténtico demonio, un vikingo nórdico desesperado, un pirata Barbarroja al abordaje, todo esto y más cosas. Realmente asusta; no me gustaría tenerlo como enemigo. Son imágenes reales, las estoy viviendo, sí, yo, aquí y ahora, pero las vivo como bajo los efectos de un alucinógeno, y cuando vuelve el sol tengo serias dudas sobre mi salud mental. Nuestra vida en el faro no es creíble; nuestra vida en el faro es la más absurda de las epopeyas. Carece de significado.

Repaso mis escritos. Nunca podrán reproducir la desesperación que me invade; cualquier arte narrativo sería un pálido reflejo del desastre que intento organizar con palabras. No saldremos vivos de aquí, por supuesto. Ni siquiera creo que lleguemos a ver la primera nevada.

2 DE MAYO

Intuyo una sombra de agradecimiento en Batís. Sin explicitarlo, sin que se le escape una palabra amable, entiende que mi presencia contribuye a su supervivencia. Los ataques que estamos sufriendo, me confiesa, superan todo lo que había experimentado aquí, en el faro. Un hombre solo no sería capaz de hacer frente a esta masa de insectos huidos de un manicomio abismal. Ni siquiera él.

Pero no podemos seguir así. Cualquier día el número nos superará.

3, 4 Y 5 DE MAYO

No puedo entender a Batís. Existe una gran contradicción entre los peligros que nos amenazan y sus estados de ánimo. Cuanto más desesperadas son las noches más feliz se le ve durante el día. Una especie de euforia de batalla, un deseo de abismo. No quiere entender que el faro no es un enroque de ajedrez, y que perder una sola de las partidas nocturnas será nuestro fin.

6 DE MAYO

Por la noche: un disparo de Batís me roza el brazo. Desgarra la manga y me hiere superficialmente. Pero ha disparado contra un monstruo que me desbordaba, y no me queda más remedio que justificarlo y aplaudirlo.

7, 8, 9, 10 Y 11 DE MAYO

Asaltos más virulentos que nunca. Algunos monstruos consiguen escalar la pared por la parte opuesta del faro y nos atacan por arriba, donde las estacas no son tan densas. Literalmente se nos vienen encima. Disparamos, alternativamente, con los cañones hacia arriba y hacia abajo, por donde también vienen. Ahora gastamos una media de cincuenta proyectiles cada noche. El número de monstruos supera cualquier pesadilla.

Después: agria discusión con Batís. Me acusa de no mostrar suficiente diligencia en reparar las fortificaciones de clavos y cristales, gracias a lo cual han podido trepar. Lo niego, fuera de mí. Aunque sólo sea por aburrimiento trabajo el doble que él. Nos insultamos. Le digo que es un fornicador primitivo y arisco. Caffó recorta mis derechos, me recuerda que soy un maldito intruso, nunca había utilizado esta palabra. Estamos más hundidos en el pozo que nunca.

12 DE MAYO

Un monstruo se aferra al pie derecho de Batís. Le disparo inmediatamente pero se lleva consigo la bota y un dedo. Se cura la herida sin permitirse ni un solo gemido.

Pero no podemos seguir así.

VIII

El aumento de los asaltos había producido en nosotros una erosión lenta pero sistemática. Éramos como dos alpinistas que escalan grandes alturas, faltos de oxígeno. Todo lo hacíamos con gestos mecánicos. Si hablábamos era con la inercia de los actores mediocres que recitan un texto aburrido. Esta fatiga era muy diferente de la que sufrí los primeros días, era un cansancio de larga distancia, menos palpable, menos desesperante, pero mucho más crudo. Apenas nos hablábamos. No teníamos nada que decirnos, igual que dos condenados a la espera de la ejecución. Durante días enteros las únicas palabras que salieron de los labios de Caffó fueron Kollege, si necesitaba algo inmediato, o el aviso *zum Leuchtturm*, al anochecer.

He aquí un cuadro habitual de este período. Ya estoy despierto, hago algún trabajo indispensable para la seguridad del faro. Cuando lo resuelvo, y a falta de otras ocupaciones, me dirijo a la habitación de los focos. Como es el punto más alto puedo ver las últimas lejanías del horizonte. Oteo el mar con la esperanza, muy difusa, de que haga acto de presencia un barco perdido. No aparece, por supuesto. En el techo del faro, presidiendo su punta cónica, hay una veleta de hierro, muy simple. Desde donde me hallo no puedo verla, sólo oírla. Chirría con un quejido lánguido, de agonía ridícula. No importa hacia dónde señale.

Inmediatamente después del mediodía una luz rosa y compacta baña nuestro islote, lo separa del mar y retrata su naturaleza minúscula, aquí, en el centro del océano más triste. Las copas de los árboles se iluminan con refulgencias mortecinas. Echamos de menos el calor, pero un calor que debería venir más del movimiento animado que de la temperatura. Ni un solo pájaro —lo que daría por un revoloteo con el que deleitarme. En la costa sur tenemos un conjunto arbóreo que besa el agua. Ramas y hojarasca caen hasta la superficie marítima en una lenta cortina, como en los márgenes de un río tropical. Es una visión impropia. Si miro más allá puedo ver mi primera residencia. Son sólo mil metros escasos. Pero parece que toda una época me separe de la casa. Ahora la contemplo con mentalidad de soldado. Pienso en ella como en una posición abandonada, una tierra de nadie que no recuperaría ni bajo las órdenes directas de Alejandro Magno.

Estoy en el balcón. Debajo de mí, Batís. Camina. O, mejor dicho, se mueve. Sorprende la cantidad de ocupaciones que puede encontrar. Aquí, en el faro. A pesar de la consunción del cuerpo, a pesar de su alma congelada, siempre tiene algo que hacer. Duerme, fornica y batalla, y el resto del tiempo sabe ocuparlo con minucias de lo más retorcidas. Puede dedicar horas enteras a afilar un clavo, por ejemplo, con laboriosidad de asiático. O se expone al sol con la pechera abierta y los ojos cerrados. Si abriera la boca sería un auténtico cocodrilo. Lo demás no le importa. Moriremos, le confesé un día. Sólo moriremos, eso es todo, contestó con fatalismo de beduino. A ratos se sienta en el granito y mira. Nada más. Esto es relevante justamente porque no tiene nada de relevante: mira como miraría un sonámbulo y se evade de la temporalidad. Las pequeñas estacas que en su momento coloqué sobresalen por el suelo y por todos lados, una amenaza, pero él se sienta en una roca estratégica y mira, mira, mira. Se integra en la piedra, se convierte en una suerte de tótem pagano. Batís vive en una especie de muerte perpetua. Al anochecer resuena su alarma, monótona:

–*Zum Leuchtturm!* ¡Al faro!

* * *

Nuestra apatía se acabó un día en que, por casualidad, Batís subió a los focos. Quería comprobar el buen funcionamiento de las luces. Yo miraba en dirección al pequeño barco portugués, Batís trabajaba en la maquinaria. Por decir algo le pregunté qué llevaba el barco:

–Explosivos –dijo. Manipulaba los focos, arrodillado.

–¿Está seguro? –pregunté sin demasiado interés, hablando por hablar.

–Dinamita. Dinamita de contrabando –explicó con su habitual economía de palabras.

La conversación se interrumpió aquí. Más tarde insistí sobre la cuestión de los explosivos. Según le había explicado el marinero superviviente, el barco llevaba dinamita ilegal. La habían obtenido casi regalada de los excedentes mineros sudafricanos y pensaban revenderla a precios astronómicos en Chile o Argentina, donde serviría para promocionar a saber qué revolución. En el almacén del faro yo había visto un equipo completo de buzo. Mi cerebro aún tardó dos días en darle forma a la idea. Pero sólo con oír mis pensamientos me entraban unas ganas locas de reír. Aquella noche fue horrible. Las bestias se concentraron en la puerta. Batís disparaba y disparaba medio a oscuras, no daba abasto y me pidió que bajase a reforzar la entrada. Eso hice. Descendía las escaleras y la resonancia interior del faro difundía los aullidos como un órgano gigante. Estuve a punto de dar media vuelta. En cualquier caso, llegué hasta la puerta. A pesar de su solidez, la placa de hierro se curvaba hacia adentro. Las barras de madera estaban medio rotas, crujían con cada empujón. En realidad no podía hacer nada útil. Si entraban, la masa nos devoraría y seríamos hombres muertos. O Batís mató a muchos o bien abandonaron por desidia.

Al día siguiente Caffó me solicitó un parlamento: quería decirme algo importante. Accedí con verdadera curiosidad, porque aquel tipo de iniciativas no se correspondían con el hombre.

–Después de comer –dijo.

–Después de comer –ratifiqué. Y desapareció. Creo que se escondió por algún rincón del bosque. Muy alterado debía estar un Batís Caffó para librarse a reflexiones solitarias.

Yo me dediqué a reforzar el entramado de cuerdas y cencerros que rodeaban el faro. Durante estas operaciones la mascota salió del faro. Después de fornicar con Batís no se había puesto aquel penoso jersey. Iba desnuda. No me vio. Se dirigía a una estrecha franja de arena, un lugar donde se concentraban los arrecifes más altos y puntiagudos de la costa. Me cansé de aquel trabajo agónico, y la seguí.

Me acerqué saltando por los arrecifes que emergían del agua. Había muchos. A menudo me evocaban la boca de un gigante que durmiese bajo tierra, asomando sus encías de arena y sus dientes de piedra. Entre arrecife y arrecife, a cubierto de las olas y el viento, se extendían pequeñas lenguas de arena. La busqué. Estaba en uno de esos agujeros, tumbada como un lagarto, tan inmóvil que podía confundirse con las piedras que la amparaban del mar embravecido. A veces las olas se filtraban entre las rocas y sumergían el cuerpo. Pero ella mantenía con el agua la relación de un crustáceo. Podía ignorar el oleaje del mismo modo que me ignoraba a mí: yo estaba sentado en una roca, dos palmos más arriba, y era imposible que no hubiera advertido mi presencia.

Viéndola se comprendían las flaquezas de instinto de Batís. Esta vez mi curiosidad no era tan científica. De algún modo ella lo percibió, porque ni huía ni me temía. Recorrí su espalda con una mano. Húmeda, la piel resbalaba como si la cubriera una capa de aceite. La mascota no se movió. Y el hecho de que aquel contacto no la inmutara, curiosamente, me produjo una rara inquietud. Vino una ola que la cubrió de espuma, disputándome su cuerpo, y aquella sábana blanca me tentaba y a la vez me avergonzaba. Me retiré, indignado conmigo mismo. Me sentía como si me hubiese insultado una voz anónima a la que no podemos replicar.

Después de comer, en efecto, Batís habló conmigo. Salimos del faro con la excusa de dar un paseo. Más que una conferencia quería ser un testamento. Caminábamos por el bosque y, sin aludir a la derrota, sin que le abandonase su estoicismo de plebeyo, describió así la situación:

–Si quiere, váyase. Quizá no sepa que tenemos una chalupa. La dejó aquí el barco que me trajo a la isla. Se encuentra en una pequeña cala, contigua a la casa del oficial atmosférico, un poco al norte. La vegetación la esconde. Hace mucho que no me acerco por allí, pero no creo que la hayan estropeado: de los humanos sólo les interesa la carne. Llévese provisiones y toda el agua potable que pueda cargar.

Hizo una pausa para encender un cigarrillo. A continuación unos movimientos gimnásticos con los brazos, el tabaco en los labios, como si así demostrara su desprecio por el futuro:

–Obviamente, no le servirá de nada. No es posible llegar a ningún lugar y no encontrará ningún barco. Morirá de hambre y de sed. Eso si una tormenta no hace naufragar ese cascarón. O si los carasapo no lo abordan antes. Pero no seré yo quien le niegue el derecho a escoger.

En vez de contestar, también yo encendí un cigarrillo y me quedé ante él, como un pasmarote. Hacía más frío del que era habitual. El vaho que salía de nuestras bocas se confundía con el humo del tabaco. Batís se dio cuenta de que estaba a punto de decir algo importante, pero no podía imaginarse la dirección que seguía mi lógica.

–Pienso que deberíamos hacer un esfuerzo por asumir riesgos –declaré al final–. En realidad, ya está todo perdido. Si los monstruos insisten en atacar la puerta nada podrá detenerlos. He visto que tenemos un equipo de buzo, con bomba de aire incluida. ¿Cree que podríamos cargarlo en la barca y acercarnos hasta el barco portugués?

Batís no me entendía. Frunció el ceño.

–La dinamita, la dinamita –dije señalando en dirección al barco con la mano que sostenía el cigarrillo.

Batís movió todo el cuerpo como si se cuadrara militarmente:

–Quiere ir hasta el arrecife del barco en la chalupa. Ponerse el equipo de buzo, descender y recuperar la dinamita. Quiere bajar hasta las profundidades de los carasapo, con mi ayuda, y sumergirse delante de sus narices para sacar los explosivos. ¿No es eso?

—Lo ha resumido muy bien.

Me miró, rascándose la nuca. Ahora sus cejas dibujaban una uve invertida. Me observaba con una mezcla de compasión y desinterés.

–Mire, Caffó, tal vez no sea un intento tan suicida como parece. Los monstruos sólo nos atacan por la noche, como todos los depredadores conocidos. Eso quiere decir que descansan de día. Si escogemos bien la hora tenemos muchas posibilidades de lograrlo. ¿Quién sabe dónde viven? ¿Quién sabe si tienen su guarida en el otro lado de la isla, a diez kilómetros de la costa? En el barco no hay nada que les interese, como ha dicho usted, y no tienen ningún motivo para acercarse allí.

Negaba con la cabeza, escuchaba estupideces. Yo no me rendía:

–¿Qué podemos perder? En realidad sólo somos dos cadáveres que aún hablan, nada más. Usted mismo ha reconocido que nos encontramos al final del camino. Batís –insistí–, deje que le explique una historia irlandesa. Una vez, un comisario inglés quería capturar a un chico. El chico era uno de esos comandantes casi anónimos de la resistencia. El chico fue perseguido y perseguido. Una noche, el comisario regresó a su casa tras una dura jornada de interrogatorios y confidencias. Estaba contento. Al día siguiente lo atraparía.

–¿Y...? –se interesó tímidamente Batís.

–Los amigos del chico lo estaban esperando en el comedor de su casa.

–¡Ahora deje que yo le explique una historia alemana! –bramó Batís–. Una vez había un chico pobre, un chico pobre en una casa de campesinos pobres. Se escondía encima de los árboles y debajo de los muebles, y cuando salía de allá arriba, o de allá abajo, recibía palos. Fin de la historia.

–Le necesito. Hace falta que alguien accione la bomba de aire y suba las cajas de explosivos. Yo solo no puedo hacerlo.

Hasta ese momento me había escuchado con la paciencia que se dedica a los hijos minusválidos o a los viejos muy seniles, pero como yo perseveraba en mis argumentos me dio la espalda. ¡Espere!, exclamé sujetándolo por la manga. Se liberó con una violencia inesperada, soltó un par de imprecaciones en alemán que Goethe no habría escrito nunca y se marchó hablando solo. Lo seguí a distancia. Una vez en el faro se dedicó a las obras de la puerta. Reparaba los desperfectos ignorándome por completo. Pero aquello sólo retrasaría el final, no lo evitaría. Piense en sus enroques, Batís, le decía yo, sin la defensa de la torre el rey no vale nada. Y casi al oído, con estilo de confesionario:

–Cien muertos. Doscientos, trescientos monstruos reventados por una bomba, Batís. Una lección que no olvidarán y que nos salvará la vida. Depende de usted.

Habría prestado mayor atención al zumbido de una mosca. En cualquier caso, le había expuesto mis ideas. Y me pareció preferible darle un tiempo para que las asimilara. Naturalmente, tenía conciencia de que me proponía una barbaridad. Pero las demás opciones aún eran peores. ¿Embarcarme? ¿Hacia dónde? ¿Resistir? ¿Hasta cuándo? Caffó observaba la situación con la postura del luchador fanático y obtuso. Yo, en cambio, sufría la desesperación del jugador que apuesta su última moneda en el casino: de nada le serviría ahorrársela.

Cargué unas cuantas herramientas, trapos momificados por el frío, botes de alquitrán y sacos vacíos. Quería acercarme hasta la chalupa que Batís había mencionado, comprobar su estado y, si era necesario, calafatearla. Después iría a la casa del oficial atmosférico, de donde extraería más clavos y sobre todo bisagras. Seguro que serían de gran utilidad en el faro. Llevaba bastante peso. Cuando me iba me crucé con la mascota. La cargué con una parte del peso y de un empujón nada amable la encaminé hacia la nueva ruta.

Efectivamente, la barca estaba donde Batís me había indicado. Una calita muy discreta, camuflada por árboles y masas de musgo, que se adhería a la madera como una enfermedad de la piel. El interior de la barca estaba encharcado. Pero con una mera inspección superficial comprobé que el agua procedía de la lluvia, más que de las filtraciones. El musgo, que tiene raíces muy poco profundas, había impedido la putrefacción de la madera, protegiendo la chalupa como una capa de brea.

No me costó demasiado vaciarla de líquidos y arrancarle la costra vegetal.

Así pues, tenía a mi alcance todo lo que necesitaba para la aventura. Que Batís me acompañase, que asumiera un suicidio valiente: ése era el último obstáculo. Yo ya había tomado mi decisión. En ese momento me vino una placidez de espíritu poco común.

La calita tenía forma de herradura y no era mayor que un pequeño establo. Cerraba el horizonte y a duras penas podía ver el mar abierto. Seguramente moriría, pero sería una muerte elegida. En aquellos días podía considerarlo un privilegio. Durante un buen rato no hice más que limpiarme las uñas, de pie y tranquilo. Esta manicura se ejercía a la vez que una reflexión sobre el pasado.

La vida no es gran cosa. Sucede, sin embargo, que en su paseo por el mundo la humanidad manifiesta grandes tendencias a pensarse. Pensé en mi primer recuerdo de infancia, y en el último de mi vida civilizada. Mi primer recuerdo era la visión de un puerto. Tal vez tuviese tres años, o menos. Estaba sentado en una trona, en Blacktorne, junto a varias docenas de niños más. Pero yo estaba cerca de una ventana desde la cual se vislumbraba el puerto más gris del mundo. Mi último recuerdo también era de un puerto: el que vi desde la popa del barco que me trasladó de Europa a la isla. En efecto, la vida no es gran cosa.

La mascota estaba sentada en un trono de musgo, las piernas cruzadas, las manos en los tobillos, el hombro contra muros de robles. Miraba un infinito que no existía. Ofrecía una composición natural tan adecuada, tan perfecta, que sus trapos de mendigo molestaban a los ojos. No seamos ingenuos: antes de sacarle el jersey yo ya sabía lo que quería. Moriría pronto, y ante la muerte la integridad moral no es más que el polvo del camino. Seguramente moriría, y la mascota era el muñeco más parecido a una mujer que tenía cerca. Moriría, y los gemidos de aquel cuerpo, día tras día, meses enteros, me habían vuelto indiferente a las fronteras de la moral.

Lo que sucedió, sin embargo, fue la más imprevista de las sorpresas. Yo me esperaba un coito breve, sucio y brusco. En lugar de eso entré en un oasis. Al principio la intensa frialdad de su piel me estremecía. Pero el contacto hizo que nuestras temperaturas se equilibrasen en un punto desconocido, un lugar donde ideas como frío y calor no significaban nada. Su cuerpo era una esponja viva, desprendía opio, me anulaba como ser humano. ¡Oh, Dios mío, aquello! Todas las mujeres, honorables o de taberna, no eran más que pajes de una corte que nunca pisarían, aprendices de un gremio que aún no se había inventado. ¿Abría aquel contacto una puerta mística? No. Era exactamente todo lo contrario. Uno fornicaba con aquello, con aquella mascota sin nombre, y se le revelaba una verdad grotesca, trascendente y pueril a la vez: Europa ignora que vive en la castración perpetua. Su sexualidad estaba libre de cualquier lastre. Ni siquiera podía apreciarse en ella ningún refinamiento amatorio especial. Sólo fornicaba, fornicaba con todo su cuerpo, y cuando lo hacía no existían ni la ternezas ni las dulzuras, ni los rencores ni el dolor, ni el alquiler del prostíbulo ni la entrega de los amantes. Reducía los cuerpos a una dimensión propia y única, y cuanto más animal era en su ejercicio más placer procuraba. Un placer estrictamente físico, que yo desconocía.

En cualquier lugar, un hombre de mi edad y relativa experiencia ha conocido el amor y ha conocido el odio. Ha vivido días tristes y ha vivido fragmentos de belleza. Ha conocido la adversidad, la fraternidad y la enemistad. Ha conocido algún tipo de éxito y muchas derrotas. Allí mismo, en el faro, había conocido las peores visiones del abismo y de la agonía. Pero a los hombres no siempre les es dado conocer la pasión más extrema. Aunque deseen el deseo, aunque sospechen que existe en algún lugar, cercano o remoto, millones de hombres han vivido y han muerto, vivirán y morirán, sin descubrir al ser que esconde esa facultad, en ella tan natural y tan simple. Hasta ese momento mi cuerpo había obtenido placeres del modo en que un buen burgués ingresa capitales. Ella hacía que a través del placer fuera consciente de mi cuerpo, separándolo de mí, destruyendo cualquier relación entre mi persona y mi placer, que podía percibir como si fuera algo vivo. Pero todo se acaba, incluso aquello, con ella, y cuando matamos el placer tuve la sensación, más allá del placer, de haber alcanzado una de las cimas de la experiencia humana.

Lentamente mi personalidad volvió a mí. Parpadeaba, como si así facilitase el tránsito a un estado normal. Tardé unos minutos en asumir la temperatura, los olores y los colores que me rodeaban. Ella no se movía de su colchón de musgo. Miraba el cielo y estiraba los brazos, con pereza. ¿Dónde está el error?, me pregunté sin entender la pregunta ni por qué la formulaba. De nuevo volvía a ser yo, a ser alguien, y un vago sentimiento de ridículo se apoderó de mí. Me sentía estúpidamente humillado. Vivía una experiencia que no sabía cómo clasificar y ella, con gestos de gata, se limitaba a estirar los miembros. Lo recogí todo y reemprendí el camino del faro. Vio que me iba y me siguió a una cierta distancia. Quise odiarla.

Cuando llegamos al faro Batís había cambiado de actitud. Reservado como siempre, no se atrevía a exponerme la mudanza de su pensamiento. En ciertos aspectos era muy orgulloso, y no admitía que lo convenciesen de ideas con las que antes había manifestado su desacuerdo. Pero que se me acercara e intentase iniciar una conversación sólo podía significar una cosa: que quería volver a hablar de los explosivos y del intento de recuperarlos. Yo aún estaba trastornado y durante un buen rato lo ignoré. Al final dije:

–Hay un viejo cuento irlandés que tiene un punto de semejanza con su historia alemana. Un irlandés se encuentra en una habitación oscura. A tientas, busca el quinqué. Lo encuentra, lo enciende con una cerilla y ve que en la pared de enfrente hay otra puerta. Rápidamente la traspasa y la cierra tras de sí, olvidando el quinqué, para comprobar que de nuevo se encuentra en una habitación sin luz. La historia puede repetirse hasta el infinito, con el tozudo irlandés buscando quinqués y encendiéndolos, traspasando puertas y cerrándolas, olvidando el quinqué, siempre hacia adelante, siempre hacia una nueva oscuridad. Al final el irlandés tozudo se encuentra en una habitación sin puertas, enjaulado como una rata. ¿Y sabe lo que dice? «Gracias a Dios, era mi última cerilla.» –Subí el tono–: Yo no soy este personaje, Batís, no lo soy. Quinientas bestias liquidadas para siempre, quizá seiscientas. O setecientas. ¿Por qué no mil? —resoplé—: ¿Qué opina?

Aún seguía fingiendo reservas. No obstante, despuntaba la voracidad del cazador.

–No se preocupe –bromeé sin reír ni mirarlo–, si sale mal y nos devoran asumiré toda la responsabilidad.

La mascota estaba sentada en un rincón y se rascaba el sexo.

IX

Nuestras especulaciones nos indicaban que a primera hora los monstruos debían de ser más inactivos que en cualquier otro momento. Llegamos a esta conclusión utilizando nuestros horarios como espejo de los suyos: éramos nosotros los que nos habíamos adaptado al ritmo que ellos imponían, y no al revés, y por tanto era de esperar alguna simetría.

Nos dirigimos a la chalupa tras una noche tan agitada como las anteriores. Una vez más la supervivencia había colgado de un hilo. Como medida defensiva, a media tarde habíamos agujereado el granito como un colador y tendido una alfombra de estacas justo delante de la entrada. No podíamos hacer mucho más. Y en realidad ignorábamos si aquello actuaba como un repelente o como un atractivo. Por la noche repitieron los empujones contra la puerta, desdeñando sus propias pérdidas, como guiados por una intuición de ofensiva final, desbaratando el campo de estacas con la fuerza del número, una masa viscosa que mugía y golpeaba la puerta con patas y puños. No teníamos más remedio que sacrificar las escasas botellas que aún conservábamos. Estaban llenas con un preparado de ron, alquitrán, petróleo y toda sustancia inflamable que nos quedaba en la reserva. Alrededor del cuello de la botella habíamos atado un algodón impregnado de alcohol. Batís las encendía y me las pasaba. Yo las proyectaba contra los monstruos. Al romperse sobre sus lomos estallaban pequeños incendios. Los cuerpos estaban húmedos y no ardían bien, pero al menos aquella noche se sorprendieron bastante como para retirarse.

No habíamos dormido, pues, pero teníamos la mente más fresca que nunca. Tuvimos que hacer dos viajes hasta la chalupa para cargar todo el equipo, que incluía una bomba de aire, la vestimenta de caucho, la escafandra de bronce, zapatos especiales con suela de plomo, cuerdas, una polea portátil, armamento y munición. Remábamos de espaldas al arrecife del barco, que tenía forma de pastel. A veces yo volvía la cabeza. En estas circunstancias, la sensación es que el objetivo, en vez de acercarse, se aleja. Sólo eran cien metros, sólo una eternidad. Cada relieve que formaba la marea era un escondrijo, tras cada montaña de olas una trampa. A cada instante me parecía ver cráneos esféricos emergiendo de las aguas, aquí y allá. Troncos que flotaban a la deriva, columpiándose sobre las olas, me recordaban miembros de bestia. *Va bene, va bene, va bene,* cantaba en un arranque italiano, sin demasiada convicción, sólo para que la musicalidad del idioma me tranquilizase. Cierre esa maldita boca, dijo Batís, que remaba a mi lado como un galeote. Un gris de piedra sepulcral oprimía la superficie del océano. Un golpe de agua lateral nos mojó. Los labios se me llenaron de sal. El miedo y la urgencia hacían que no midiésemos nuestras fuerzas: abordamos el arrecife con tanto brío que sólo evitamos la catástrofe gracias a una plataforma inclinada, sobre la cual se encabalgó la chalupa. Desembarcamos en una roca áspera y erosionada. Una extensión ridículamente pequeña pero laberíntica, llena de concavidades donde se acumulaba agua a medio helar. Resbalábamos a menudo y teníamos que ayudarnos de manos y brazos.

Éste era nuestro plan: a simple vista se observaba que aquel arrecife descendía en un ángulo suave y estaba lleno de agarraderos muy útiles. Bajaría como un alpinista acuático por la pared más próxima al barco. Desde la plataforma de piedra, Batís me suministraría aire e izaría las cajas a medida que yo las atase. Compartiríamos riesgos y trabajos: yo sería el alma incauta que visitaría los infiernos, él tenía el deber, nada despreciable, de mantener el oxígeno en circulación y de rescatar los explosivos. La bomba se debía alimentar manualmente y a un ritmo constante y regular. Si no tenía suficiente aire, me asfixiaría; si insuflaba demasiado, el exceso de presión haría que me estallasen los pulmones. Y eso debía llevarlo a cabo Batís con una sola mano. La otra le serviría para manipular la polea una vez cargada la cuerda con dinamita. Instalamos la bomba y la polea muy juntas para facilitarle el trabajo. Tendría que tener fe en la buena sincronización de Batís. Un suspiro.

El barco se había incrustado en el escollo por la proa, que sobresalía apuntando al cielo, unos treinta grados inclinada a estribor. El casco de la nave estaba firmemente soldado a las rocas como por remaches de plomo. La carga, sin duda, se hallaría en la parte posterior, que estaba hundida. Batís había presenciado el naufragio. Aseguraba que una gran brecha había abierto el barco como una lata, por la popa. Confiábamos en que el agujero fuese lo bastante grande como para permitirnos la entrada. Naturalmente, habíamos pensado en simplificar la operación. Es decir, que el buzo bajase por la cubierta y luego se infiltrase por los pasillos inundados hasta localizar la bodega. Pero aquello no era viable. Lo más probable era que los compartimientos interiores estuviesen obturados y oxidados por la acción del agua. Por allí no podría pasar. Además, aquel ámbito de aristas y angosturas amenazaría con seccionar el tubo de aire. Y se imponía atravesar toda la nave hasta la popa, donde presumiblemente estaba la dinamita.

Me puse el traje de buzo y las botas de plomo. Me senté a un lado de la chalupa. Primero Batís me ayudó a ponerme la escafandra de bronce, una pieza que me cubría buena parte del pecho y de la espalda. Luego, el casco. Se enroscaba en la escafandra. Pero cuando estaba a punto de ponérmelo, lo detuve:

–Mire –le dije.

Nevaba. Primero fueron unos grumos minúsculos. En un minuto crecieron hasta convertirse en copos redondos y grandes. Caían y se diluían en contacto con el agua. Nevaba sobre el mar, y este fenómeno tan vulgar, tan simple, me producía un sentimiento extraño. La nieve imponía silencios. El mar, que hasta ese momento había estado ligeramente agitado, se calmó de repente, domado por órdenes invisibles. Quizá fuese mi última visión del mundo, y éste se me mostraba con una belleza triste y banal. Abrí la palma de una mano. Los copos caían sobre el guante y se extinguían de inmediato. Pensé en Irlanda. ¿Qué era, de hecho, Irlanda? Una música, quizá. Me acordé de mi tutor. Y también de un desconocido. Un hombre muy viejo, muy amable, que un día, años atrás, cuando me perseguían los ingleses, me escondió en un desván, sin preguntas, asumiendo todos los riesgos. Ese hombre era Irlanda. ¿Qué habría hecho el mundo con ese hombre? Sufrí la tirantez de mejillas que precede al llanto.

Batís miró el cielo con el casco en las manos. Hizo un mohín de observación.

–Sólo es nieve –constató.

–Sí, sólo es nieve –dije yo, ocultando mis sentimientos–, sólo nieve. El casco, póngamelo, no tenemos todo el día.

Lo enroscó y conectó el tubo de aire a la válvula de la nuca. Yo llevaba dos cuerdas. Una me serviría para comunicarme con Batís. Con la otra subiríamos los explosivos.

–Ya sabe –le recordé–. Si le doy un tirón a la cuerda guía significa que todo va bien. Dos tirones, que he cargado la cuerda grúa con una caja. Si nota tres tirones seguidos, corte el tubo de un hachazo y huya.

Ajusté los tres cristales del casco, perfectamente redondos. Tenía uno en la parte delantera y otros dos en los laterales. Comprobamos que el tubo de aire funcionaba e inicié el descenso. El agua me engulló con un estremecimiento de frío. Cuando me di cuenta ya me encontraba bajo la superficie. La roca tenía unas hendiduras que me servían de escalones. Así podía ganar metros con facilidad. De vez en cuando volvía la cabeza, pero por los cristales laterales no podía apreciarse nada notable. Detrás de mí, el infinito oceánico. Ante mí, a unos centímetros de la nariz, una roca muerta y sin vegetación.

Llegó un momento en que mis pies no encontraban asidero. Daba igual. Batís y yo habíamos desenrrollado el tubo, libre de nudos, a fin de que se desprendiera libremente si la situación requería que diera un salto al vacío. Después de un tirón a la cuerda que llevaba conmigo, para tranquilizar a Batís, me dejé caer. El plomo de los zapatos me arrastró lentamente, con una gravedad calculada, hasta que aterricé con una flexión de las rodillas. Una lenta polvareda se elevó hasta mi cintura. Pero sólo era una fina película arenosa que cubría la superficie. El suelo era muy practicable, de una horizontalidad arquitectónica. Podía caminar por él como por un prado. Notaba, sí, la densidad del elemento, que hacía más lentos todos y cada uno de mis movimientos.

Estoy en un mundo que es patrimonio del silencio. En el interior del casco sólo puedo oír mi respiración, mis mucosidades, un gemido de inquietud que se me escapa. Me contengo, pero me doy cuenta de que mis sonidos espolean mis miedos. En la mano izquierda llevo las dos cuerdas, en la derecha un cuchillo. Miro en todas las direcciones. No hay ningún monstruo, no hay nada. La visibilidad se limita a unos treinta o cuarenta menos, quizá menos. A mi derecha tengo la panza del barco. Recuerda el cadáver de una ballena. Enfrente, la vastedad. Partículas indefinidas flotan sin rumbo, como copos de nieve negra. Filamentos de algas en forma de serpentina se mantienen entre dos aguas, casi estáticos. Este enorme espacio abierto no acaba en ninguna puerta, la frontera de las tinieblas no tiene un límite concreto. Esto contradecía las enseñanzas católicas: el infierno no era un lugar al que se entraba de golpe; se accedía a él a pequeños pasos, imperceptiblemente.

Me moví por un área del todo imprecisa, una transición donde el azul se fundía en negro y a partir del cual ni siquiera se apreciaba basura acuática. El paisaje se magnificaba. Podían aparecer en cualquier instante, desde cualquier sitio. No lo pienses, me dije, no pienses en los monstruos, trabaja y nada más. Ésta era la menos realista y la más razonable de las estrategias.

Me dirigí a la popa. En efecto, el impacto había serrado el acero y había convertido la plancha en una especie de gruta artificial. La nave estaba ligeramente inclinada a estribor. El desastre había desplazado la carga y buena parte de ella salía por la brecha. Un espléndido golpe de suerte, que me ahorraría entrar en la bodega. Pequeños contenedores, metálicos y rectangulares, estaban desperdigados por los alrededores de la herida. Pasé el guante por encima del más cercano. Una vez limpio podía leerse, en mayúsculas: ¡ATENCIÓN! MUY PELIGROSO. Lo único que debía hacer era atar un asa a la cuerda grúa, darle dos tirones a la cuerda guía y Batís, con diligencia germánica, subía los embalajes. Las cajas desaparecían por encima de mi cabeza. Batís las recogía y luego me devolvía la soga. Habíamos añadido un plomo a la punta de la cuerda, para darle peso. Caía cerca de mí, por algún lugar, y perseveraba en mi trabajo.

Trabajé con pasión minera hasta que Batís hizo temblar la cuerda que unía los dos mundos. Al principio no le entendía. ¿Corríamos algún peligro? Yo no apreciaba ningún rastro de los monstruos. No, no era eso. Seguramente habíamos acumulado un exceso de contenedores. Pero yo estaba poseído por la fiebre del buscador de oro. Uno más, Batís, sólo uno, le imploraba mentalmente. Ignorando las vibraciones de la cuerda, cogí otra caja. Batís se la llevó, sí, pero esa vez regresó a mí con un nudo en el borde del plomo; eso me impedía atarla, y así me indicaba que lo dejase estar. Reuniendo toda la sensatez que me quedaba, le hice caso.

Por contradictorio que parezca, éstos fueron los peores minutos de la inmersión. Dicen que ningún soldado quiere ser el último muerto en una guerra. Esta reflexión esconde una verdad poco lúcida pero muy humana. Después de haber bajado a las profundidades, después de un éxito tan rotundo, que me mataran precisamente entonces sería un final demasiado lamentable. De repente descubría en la escafandra un peso intolerable. Hasta ese momento no me había dado cuenta de que tenía el cuello herido por el roce del acero. Avanzaba en dirección a la pared del arrecife, y mis movimientos eran los de una pesadilla infantil, desesperadamente lentos. Respiraba como impulsado por una dinamo secreta. Quería salir de allí. Pero no podía. Dos inteligencias coordinadas no habían previsto la estulticia más obvia: que si daba un salto al vacío luego me resultaría imposible regresar por el mismo camino. La roca se abría ante mí como una muela gigante y cariada. No podía escalarla, y Batís, demasiado atareado con la bomba de aire, no podría izar mi peso con una sola mano. ¿Cuánto tiempo tardarían en aparecer? El terror y la imaginación se aliaban. Aquella inmensidad líquida era el enemigo invisible por excelencia. Batís, allá arriba, no podía entender los extraños recorridos que seguía el tubo de aire. Iba de un lado a otro, buscando un lugar practicable. Finalmente noté que el único acceso se hallaba muy cerca del casco del barco. Pero era una ruta de escalador profesional. Algunas piedras se desprendían con el mero contacto. Resbalé y mi cuerpo perdió cinco, diez metros en un descenso de literatura dantesca.

De nuevo estaba en el piso inferior. A mi derecha la pared dibujaba una concavidad; por allí me pareció ver algo moviéndose, una forma. No, no, no son ellos, me dije para calmarme, y me dije esto porque no perdía nada apostando por el optimismo. Siguió un penoso esfuerzo de concentración. Debía escalar cada palmo sin volver los ojos, sin pensar en el ataque que se me llevaría un brazo o una pierna. Procedí como los marineros en la escalera de cuerda, asegurando tres de las cuatro extremidades antes de hacer el siguiente movimiento. Por encima de mí ya podía ver la superficie, la figura translúcida de un Batís que me animaba con la mano libre. Me di cuenta de que me estaba orinando dentro de los pantalones de buzo.

Caffó dio un salto y tiró de mí por las axilas. Quería ayudarme con el casco pero lo ahuyenté a manotazos.

–Cargue la dinamita en la chalupa, ¡deprisa!

Cuando me saqué el equipo también yo colaboré en llenar la barca de cajas. Llevábamos una carga tan pesada que la cubierta apenas sobresalía un palmo del agua. Sorprendentemente, unos minutos después volvíamos a estar en la isla, indemnes y triunfantes. Dejamos la barca muy cerca del faro, en una pequeña playa de rocas angulosas. Allí mismo Caffó abrió unos cuantos contenedores haciendo palanca con su hacha. Cada uno contenía setenta cartuchos de dinamita, aparentemente secos y útiles.

Pero una demencia inexplicable se incubaba dentro de nosotros. Nos miramos el uno al otro. Nevaba más que antes. Nuestros cabellos se cubrían de una pátina blanca. Nos mirábamos, y mirábamos los cartuchos y leíamos en el otro nuestro propio pensamiento. No me podía creer lo que nos decíamos sin palabras. Teníamos unos cincuenta contenedores de dinamita. Con aquel material causaríamos estragos. Pero, ¿y si fueran sesenta? ¿Por qué no ochenta o cien? Nuestros enemigos no eran susceptibles de ser odiados. Pertenecían a la naturaleza, una fuerza de la misma especie que los huracanes o los ciclones. Y, a pesar de todo, ahora que disponíamos de un poder a nuestro alcance, ahora que podíamos infligirles una derrota sangrienta, ahora nos invadían olas de auténtica crueldad. Supongo que nos habíamos vuelto locos, tan locos que sabíamos que estábamos locos. Hablaba y no me podía creer lo que yo mismo decía:

–Matémoslos. ¡Acabemos con ellos! ¡Hagámoslo!

–¡Sí, matémoslos! ¡Matémoslos a todos! –asintió Caffó, y regresamos a la chalupa como si aquel segundo viaje figurase en el programa desde el principio, como si, en vez de a nosotros, enviásemos a otras personas.

Regresamos al arrecife, me puse el equipo y me sumergí con unas maniobras que habían ganado en experiencia, más rápidas, más coordinadas. No tenía perdón. Estaba en la popa del barco portugués, caminando indefenso por el país de los monstruos. Pero los contenedores, que localicé enseguida, me inspiraban visiones de perlas. Subimos tres, cuatro, cinco contenedores. Diez, veinte. Después removí el suelo para descubrir los ocultos, pero las provisiones parecían agotadas. Le di un tirón a la cuerda guía: todo va bien.

La plancha estaba abierta como si un titán hubiese mordido el casco. Entré sin demasiadas dificultades. Sólo me preocupaba que el tubo, detrás de mí, siguiera la trayectoria de una especie de canal inserto en el hierro, un paso óptimo donde no aparecían aristas que pudieran perforarlo. Aquello era la bodega, atiborrada de contenedores. Cogía uno, lo ataba a la cuerda grúa y lo empujaba afuera del barco. Daba un par de tirones para indicarle a Batís que izara la carga y seguía con mi trabajo.

Habría rescatado unas quince o veinte cajas, tal vez más. Cansado, interrumpí todo aquel movimiento automático. La bodega estaba iluminada por la luz de un crepúsculo mínimo. La sobreabundancia de hierro producía un efecto claustrofóbico. Estaba en el interior del barco, en el interior de la escafandra, y en el interior de mis miedos, que me habían conducido hasta allí con el heroísmo de las ratas. Si a eso le sumábamos la densidad del agua, resultaba el lugar más tenebroso que hubiera pisado nunca. Paredes de industria metalúrgica, instrumentos medio consumidos por el agua y con la identidad secuestrada por el óxido. Pensé que nada de aquello había sido diseñado pensando en la felicidad humana. Los pies de plomo entraban en contacto con el acero y producían ruidos nuevos y resonancias deformes. Aquella sala acababa en una pared con una compuerta en forma de huevo. Y allí estaban, al otro lado de la puerta.

Asomaban la cabeza hasta los ojos, acechándome, impasibles. Quizá controlaban mis movimientos desde el mismo instante en que había iniciado la inmersión. Grité dentro del casco. No podía huir. Era su mundo, se movían con una facilidad extrema. Cayeron sobre mí desde todas las direcciones. Corté el agua con el cuchillo, esfuerzo patético con el que pretendía mantenerlos a distancia.

Pero cuando ya me creía muerto, una resurrección. Los cristales del casco aumentaban las dimensiones. En realidad los monstruos no medían ni medio metro. Cuerpos delgados y pequeños, con una franja de gris plateado en el lomo, muy brillante, que aún tardaría años en oscurecerse como en sus progenitores. Como sucede con los humanos, el cráneo era la parte de su anatomía que menos crecía. Eso los convertía en auténticos renacuajos, en todos los sentidos de la palabra. Su rictus no estaba muy lejos de la sonrisa de los delfines. Se movían como una bandada de pájaros, a velocidad prodigiosa. Esquivaban mis defensas inhábiles, me tocaban la ropa, la esfera del casco, y me rehuían. Es posible que la vestimenta, la escafandra, les recordase a un pariente remoto. Oh, Dios mío, comprendí por fin, sólo están jugando. Jugaban, sí. Habían convertido la chatarra en jardín, y yo era un intruso curioso. Piaban, si es que hay que definir de algún modo el entusiasmo de sus voces. Mi presencia debía de ser una novedad extraordinaria. Me esperaba carniceros y hallaba un ballet submarino.

Ignoro cuánto tiempo pasé en su compañía. Contra todos los pronósticos, su presencia llevaba a aquel cementerio una luz benefactora. Vivía el primer instante en que me abandonaba el miedo desde que había llegado a la isla. Como si fuera un lastre penoso, me sentía libre del horror. Ni yo mismo tenía conciencia del peso que había supuesto el miedo persistente y sistemático. Durante meses enteros, noche y día, día y noche, experimentado miedo, todos los matices del miedo, siempre el miedo por compañía. ¿Por qué, me preguntaba, por qué precisamente ahora, que estás en los intestinos del infierno, te abandona el espanto? No encontré la respuesta hasta que cogí a uno de los pequeños por el brazo: él tampoco tenía miedo. Era un monstruo, o un monstruo en potencia, y se merecía que lo retorciera hasta romperle la columna vertebral. Pero él no tenía miedo. Sólo cosquillas. Se rió. Una risa subacuática, sí. Se reía con la boca y las cejas, los ojos y las manos. Bajo el agua su risa sonaba como las campanillas de los hoteles. ¿Cuánto tiempo hacía que yo mismo no reía? Lo solté, pero en vez de huir se quedó allí, ante mí, sosteniendo un vuelo errático de mariposa, y riendo. Rozó el cristal con unos dedos de feto. Tocó el cristal, y la memoria de aquellos deditos había de perseguirme días enteros.

Salí del barco. A lo largo de mi ascenso me sirvieron de compañía. Daban vueltas alrededor de mi cuerpo y me pellizcaban con una dulce impertinencia. Más o menos como mordiscos de gatitos juguetones. A medida que me acercaba a la superficie el número disminuía. Cuando saqué la cabeza Batís dio un brinco:

–¡Creía que se quedaba a vivir allí! *Mein Gott*, ¿pero qué diablos ha pasado allá abajo?

Las piernas no me sostenían. Me sacó el casco y vio una expresión alucinada, vio a un mensajero tan desfallecido que en el último suspiro ha olvidado el mensaje.

–¿Carasapo? –me preguntó, muy nervioso.

–No –grité–, ¡delfines!

Batís retrocedió un paso. Me observaba como si intentase sopesar mi salud mental.

–Es la borrachera de las profundidades –dictaminó–; pronto se recuperará.

Pero de repente fue como si le transmitiera la supuesta demencia. Ahogó un grito y sacó el fusil que le colgaba del hombro. Cerca de nosotros emergía una cabeza. Acostado sobre la roca, alcé un brazo:

–¡No dispare! ¡Por el amor de Dios, Batís, no dispare!

Por un instante Batís me miró a mí, luego al monstruo inmóvil y de nuevo a mí.

–¡No dispare! –insistí desde el suelo–. Sólo es una criatura.

Batís fue demasiado lento. Cuando tuvo el arma a punto, el mar volvía a ser una superficie vacía.

X

Cuando pisamos la isla, todo nuestro paisaje había cambiado. La nieve cubría los árboles, y las ramas sostenían un peso blanco. El camino que cruzaba el bosque se había borrado. Nuestros pies eran los primeros que violaban aquella alfombra intacta. En vez de la habitual atmósfera lúgubre, en vez de aquella tierra inhóspita, una capa de marfil otorgaba a nuestra residencia dulzuras inimaginables. La nieve sepultaba los vestigios de las batallas, y cubría el granito y la cúpula cónica del faro. Los montículos de desechos que acumulábamos en el exterior, a unos cincuenta metros, desaparecían de nuestra vista bajo un manto de azúcar. Incluso los arrecifes más cercanos estaban presididos por un cúmulo blanco que las olas se esforzaban en lamer. Aquello me extasiaba. Aún no había superado la visión de las crías de los monstruos y ahora la nieve reproducía una ternura hiriente. Descargábamos los explosivos y mi cuerpo llevaba a cabo los trabajos en ausencia de mi persona.

Batís no conocía el descanso. Su espíritu marcial coordinaba las primeras tareas. Ordenamos y contamos los cartuchos. Teníamos suficiente dinamita para volar la mitad de Londres. El depósito guardaba unos centenares de metros de mecha impermeable y tres detonadores, unas cajas cuadradas con la correspondiente palanca en forma de T. Formaban parte de los materiales que los reglamentos adjuntaban a la obra. Las ordenanzas estipulaban que, en caso de guerra, debían servir para destruir el faro. Fuese por descuido o por incompetencia, los constructores habían olvidado mechas y detonadores, arrinconados.

Aquí terminaban las iniciativas de Batís y entraba en escena mi imaginación de activista. Siempre tendríamos el recurso de utilizar los cartuchos individualmente, como bombas de mano. Pero yo aspiraba a más. Mecha y detonadores nos ofrecían una ventaja suplementaria. Mi idea era crear tres frentes devastadores.

Las primeras cargas las alinearíamos delante mismo de la base de granito. Ésta sería la defensa más cercana a nosotros y, por razones de seguridad, la menos contundente: no éramos técnicos, no conocíamos con exactitud el poder explosivo de la dinamita, y si nos excedíamos el faro entero podía volar por los aires.

El segundo frente se situaría unos veinte metros más allá, donde comenzaba el bosque. Una serie de cartuchos enterrados en la nieve y conectados entre sí por la mecha. En ese punto instalaríamos el principal poder explosivo. Una previsión muy lógica, porque ahí –entre el granito y el bosque– era donde esperábamos que se concentrase la mayoría de monstruos. Cubriríamos la distancia de costa a costa, distribuyendo las municiones en pequeños hoyos.

El tercer frente aún estaría más apartado: en el interior mismo del bosque, camuflado entre los árboles. Tenía una finalidad instrumental. Podíamos hacer explotar esta línea cuando nos conviniese. Antes que la segunda, si queríamos provocar una huida que empujase a la masa de monstruos hacia la segunda línea. O después, si sólo había que rematar a los pocos supervivientes que se retirasen. Cada frente de explosivos estaba conectado a un detonador distinto, que accionaríamos por turnos cuando se diesen las circunstancias adecuadas.

Trabajamos todo el día. Juntábamos haces de diez cartuchos, los atábamos y los uníamos a una sola mecha, los enterrábamos y unos metros más adelante repetíamos la operación. Al acabar una línea, enterrábamos también toda la mecha, que llegaba hasta el faro. La clavamos en la pared; trepaba por la piedra hasta el balcón, donde teníamos los detonadores. La mascota también colaboraba, sin saber lo que hacía. Llenaba los sacos con arena de playa, bien compactos, y luego nosotros los atábamos a la barandilla del balcón a fin de crear una barricada. Sería nuestro refugio contra la previsible lluvia de metralla. Trabajamos como esclavos, y poco antes del anochecer habíamos concluido una espléndida obra de zapadores militares.

–Hoy se van a hacer muchos huérfanos –pensé en voz alta.

–De eso se trata –dijo Batís.

Enseguida llegó la noche. Pero ellos no aparecían. Después de tantos días resistiendo a las puertas de la agonía, inexplicablemente, aquella noche no se presentaban. A medida que pasaban las horas mi impaciencia se convertía en exasperación. ¿Dónde están?, ¿dónde están?, ¿dónde diablos están?, preguntaba al vacío. Batís era un vigía más flemático. Se limitaba a seguir el rastro de los focos con el cañón del remington. Horadando las oscuridades, la luz sólo descubría copos de nieve indolentes. Ningún rastro, ninguna huella, aparte de las que habían dejado nuestras botas, emborronaba el paisaje nevado. Las manos me sudaban. Continuamente me sacaba y ponía los guantes, o me quitaba la nieve del bigote. ¿Acaso la nevada modificaba sus hábitos?

La noche siguiente aportó alguna novedad, poco importante. Vimos a unos cuantos, o mejor dicho, los oímos. Croaban con sus voces de batracio, a uno y otro lado de la oscuridad, sin ningún objetivo concreto. Al despuntar los primeros rayos solares pudimos distinguirlos: dos, tres, cuatro o cinco, no debían de ser muchos más. Se movían por los límites del bosque siguiendo un rumbo errático, y ni siquiera se nos acercaron. No valía la pena gastar una sola bala, mucho menos la dinamita. Las noches que siguieron, lo mismo. Estaban y no estaban.

La situación se prolongaba y las ideas más extravagantes me rondaban por la cabeza como moscas de estercolero. A menudo me dirigía hasta las tres líneas de explosivos, hasta aquellos haces de dinamita conectados entre sí y enterrados en la nieve. Inspeccionaba sus huellas con la actitud de un explorador, de rodillas, intentando descubrir la lógica de carroñeros que los guiaba. ¿Habrían olfateado, tal vez, la dinamita? ¿Sospechaba aquella masa gregaria un peligro nuevo y por tanto más temible que los fusiles, que ya conocían? A veces me sorprendía a mí mismo, mientras arrojaba vaho por la boca, buscando un sentido a aquellos laberintos de huellas monstruosas. ¿Y si eran más astutos que los zorros? Pero las cargas explosivas estaban intactas. En la medida de lo posible, antes de enterrar la mecha, la habíamos hecho circular por tubos y cañerías que sobraban en el faro. Nada de todo aquello había sido destruido.

Mientras vivíamos este paréntesis forniqué con la mascota, nuevamente. La excusa habitual para llevármela era que me ayudara a cargar metralla. Durante el día, a falta de más ocupaciones, reforzaba los cartuchos con chatarra, clavos, piedras y cualquier otro objeto pequeño pero punzante que tuviera a mano. La casa del oficial atmosférico era muy útil a mis propósitos. Literalmente la desguazábamos en busca de material ofensivo. Y después de llenar los sacos, o antes, la tendía en la cama y la poseía.

La filosofía y el amor se reservan combates en esferas invisibles. Pero la guerra y el genitalismo son un cuerpo a cuerpo único. Fornicaba con la mascota en una especie de violación consentida. Me faltaban miembros para abarcar la totalidad de su cuerpo, la superficie de aquella piel gélida. La trataba como si estuviera rematando a una bestia inútil. Y al final de cada cópula sentía un odio genuino contra ella, contra aquella embajadora del horror.

Aquel placer desmesurado ya no era una novedad. Pero esto no lo disminuía. Lo hice dos o tres veces, quizá cuatro. Después padecía una tristeza única, un desamparo infantil. Era un amante sin amante, un perdido que traza círculos en el desierto. El penoso estado del habitáculo agrandaba la sensación de vía muerta. La casa era como una especie de pequeña Roma consumida por mil años de invasiones bárbaras. Me acostaba junto a la mascota, bajo mantas sucias y frías, más rígidas que el cartón, y la casa, medio devorada, me miraba como una lupa a la hormiga. Las gotas que se filtraban por el techo se habían convertido en placas de hielo. La humedad combaba las maderas de la pared como si fueran girasoles. Allí dentro el tiempo se ralentizaba; la vida se observaba desde la perspectiva de los gusanos. Aquellos días, allí dentro, estaba a medio camino de la vida y la muerte. Allí todo se reducía a un par de impulsos, matar y amar, y los dos se me negaban: ellos no venían y ella era ellos.

–Hoy vendrán –decía a veces Batís, con aires de campesino que vaticina el tiempo. Pero siempre se equivocaba. Se habían desvanecido, simplemente. Más que prudencia, ahora mostraban desprecio. Cuando los veíamos era por pura casualidad. Oíamos pequeños rebaños, moviéndose fuera del limitado espectro de los focos. Aullaban bajo la nieve nocturna, o nos acechaban en silencio, pero nunca tenían el faro como objetivo. Se diría que atravesaban las oscuridades terrestres de la isla siguiendo una ruta, que se dirigían a un punto concreto, y que el camino más recto cruzaba el bosque. Eso era todo. Un día disparamos bengalas de diferentes colores contra las voces, con la esperanza de que así los atraeríamos. No.

* * *

Nunca hubiera creído que un día podría desear que nos atacara una turba de monstruos. Y el hecho era que su ausencia, ahora, me llevaba muy cerca del paroxismo. Un día descubrí a Batís sentado en el exterior, en una silla. Saqué otra para imitarlo. La mía estaba medio coja y el desequilibrio me hizo caer, muy ridículo. Teníamos pocas sillas, y la habría podido arreglar fácilmente. En lugar de eso, la destrocé contra la pared del faro. Rompí las patas, y el respaldo, y a continuación me abalancé sobre ella hasta que no quedó nada que recordara un mueble. Batís me miraba, mientras echaba tragos de una botella de ron. No abrió la boca. Otro día por poco asesino a la mascota. No recuerdo cómo sucedió, y en realidad no tiene ninguna importancia. Me parece que cargaba troncos de leña. Llevaba tres, y uno se le cayó. Cuando quería recogerlo del suelo, a la muy torpe se le caía otro. Se agachaba para coger este segundo tronco y perdía el tercero. Totalmente estúpida, la operación se repetía hasta el infinito. Me acerqué. Coge los troncos, le decía. Mi presión la aterrorizaba. ¡Coge los troncos! Dio un chillido pidiendo auxilio y aquello me enfureció. Sí, la habría matado de no haber aparecido Batís:

–Kollege, sólo es una carasapo.

Más que una manifestación de piedad era una declaración de propiedad. Mi frustración obedecía a procesos mentales que no estaba seguro de querer reconocer. En primer lugar, una cuestión obvia: había invertido el capital de mi vida en la aventura submarina, me había jugado la piel en el barco portugués. Y por un azar incomprensible mis riesgos coincidían con la apatía del enemigo. Eso me frustraba. Después de nuestra incursión me sentía como un buen burgués esperando la recompensa a sus esfuerzos. Es más: creía, o quería creer, que una matanza general eliminaría los peligros que me asediaban de una vez por todas, que así extinguiría el infierno para siempre. Por otra parte, experimentaba una inquietud que ni siquiera era capaz de formular en palabras: los propios monstruos. Aquella manita en el cristal de la escafandra. Y la sexualidad de la mascota, también. Durante el día, una indisciplina mental hacía que se me aparecieran imágenes de fumador de opio. Batís estaba ante mí, farfullaba monosílabos, y yo, más o menos, le contestaba. Pero no estaba atento. El espacio que nos separaba se llenaba de imágenes de humo.

Veía la manita submarina. Aquellos deditos rozando el cristal, tan seguros y tan frágiles. Y veía el cuerpo de la mascota. Veía sus contorsiones, y su recuerdo me asaltaba como si el aire fuese una pantalla. Todos los ángulos de aquella concupiscencia. Todo tan terrible y tan fácil al mismo tiempo.

Lo más contradictorio era que cuanto más placer obtenía de la mascota más la odiaba. Representaba a los suyos, y el hecho de que ellos causasen tanto horror y ella proporcionase tanto placer tal vez explicara los ataques nerviosos que me asaltaban. Piensa, piensa, me decía, golpeándome la frente con un puño, piensa, piensa. Pero para mí, esos días, pensar no era sinónimo de razonar, sólo de planificar. La acción desplazaba a la reflexión; cuando intentaba ponderar las cosas mi cerebro se resistía, chirriaba, exactamente igual que unas bisagras oxidadas. Nos habíamos situado en el terreno de la ofensiva y no quería abandonarlo.

–Batís –le dije un día–, que no nos abandone la audacia. Ofrezcámosles algo, tentémosles. Tendremos que dejar la puerta abierta...

Antes de que pudiera declararse en contra me apresuré a añadir:

–No es tan peligroso como parece. De hecho, tan sólo pueden subir la escalera de caracol de uno en uno. Un tirador situado en la trampilla los puede abatir fácilmente. Y eso no sucederá nunca. Queremos que se congreguen cerca del faro. Cuando los tengamos a todos juntos volarán por los aires.

Batís me miraba como una virgen a punto de ser violada. Durante una eternidad, solo o en compañía, había defendido el faro sin que los monstruos lograran pisar su sancta santórum. Y ahora yo le proponía que dejásemos la puerta abierta, la puerta de su faro.

–Mil monstruos muertos, Batís –dije a fin de que el número despertara la limitada fantasía del hombre.

–¿Quién accionará los detonadores?

En aquella pregunta se revelaba la faceta más pueril de Batís. Hay dos clases de combatientes. Los que maquinan estrategias y los que nunca se han desprendido de la tendencia infantil a romper cosas. Yo me reconocía en el primer grupo, Caffó era de estos últimos.

–Usted mismo –lo tranquilicé–. Si le parece bien, yo cubriré la trampilla de la escalera mientras usted los envía al infierno.

Así lo dispusimos. Con las primeras oscuridades abrí la puerta. Cada veinte escalones dejaba un quinqué encendido. De esta forma, en caso de que entrasen, me resultaría fácil verlos y pararlos. Tenía suficiente con sacar el remington por la trampilla abierta. Ni el peor tirador del mundo fallaría el blanco. Batís estaba en el balcón, yo le protegía la espalda, la escalera bajo control.

–¿Y bien? ¿Los ve? –le preguntaba.

–No.

Al cabo de un rato:

–¿Y ahora? ¿Ahora, Batís?

–No, nada. Nada.

Quería verlo por mí mismo y, llevado por la impaciencia, me acerqué al balcón.

–¡Vuelva a la trampilla! –aulló Batís–, ¡vuelva, maldita sea! ¿Quiere que nos maten?

Tenía razón. Eran muy capaces de esquivar el trazo de los focos y sorprendernos. Pero yo tampoco veía nada. Sólo la tenue luz de los quinqués repartidos por la escalera de espiral. Todas las llamas refulgían y temblaban, sometidas a pequeños golpes de aire.

–Dos –dijo Batís.

–¿Dónde, dónde? –grité desde mi posición, exigiendo noticias.

–Al oeste. Ahora vienen. Cuatro, cinco... No los cuento.

–No dispare. Deje que se acerquen; sobre todo que vean la puerta abierta.

Aquel diálogo telegráfico me crispaba los nervios. Caffó iba de un lado a otro del pequeño balcón, escrutando la noche. Yo apuntaba al vacío con el remington pero miraba a Batís, preguntándole a cada momento si había novedades en el paisaje exterior, olvidándome de mis obligaciones. Podría haber sido un error fatal. Un ruido de cristales rotos llamó mi atención. Los primeros quinqués se habían apagado.

–¡Caffó, ya están aquí! –le avisé.

Podía oír sus ladridos, allá abajo. A duras penas pude ver la garra que atacaba el tercer quinqué. Así perdía de vista tramos enteros de la escalera. La planta baja era un pozo negro, un agujero de donde ascendían conciertos de sapos. Pero, de repente, un monstruo subió escaleras arriba como una exhalación, a cuatro patas. Ya no se molestaba en apagar las lámparas, y yo podía distinguir perfectamente el cuerpo que reptaba. Los quinqués que sobrevivían lo iluminaban por el vientre, aquella luz inferior reforzaba su aspecto diabólico. Venía hacia mí, se precipitaba contra el fusil. ¿Tenía que disparar? Si lo hacía sus compañeros del exterior tal vez renunciarían, y nosotros buscábamos una matanza. Kollege, Kollege, oí que me decía Batís. No tenía tiempo de explicarle mis razonamientos, el monstruo se comía los escalones a velocidad de lagartija. Pero cuando sólo nos separaban diez escalones, nueve, ocho, se paró en seco. El último quinqué le quedaba muy cerca de la cara. Nos miramos. Yo desde el agujero de la trampilla, él a ocho escalones del cañón. Entre nosotros sólo se interponía una lámpara. Nos miramos a los ojos, sí, y toneladas de rencor llenaron aquel breve espacio. Se me aparecía como una de las visiones de san Antonio; literalmente nos olíamos, cada uno medía las fuerzas y posibilidades del otro. Él tenía los brazos separados y apoyados en el escalón siguiente. Eso me permitió ver un detalle revelador: le faltaba un trozo de membrana y medio dedo. Pus negro y cicatrices se confundían en una úlcera repugnante. Era aquél. Desde entonces las cosas habían cambiado mucho. Yo ya no era una presa indefensa. Ahora nos odiábamos como sólo pueden odiarse dos iguales. Mi instinto me impulsaba a liquidarlo allí mismo. Mi interés me rogaba que no lo matase, que le dejara predicar a los suyos que la puerta estaba abierta, abierta, venid todos. Establecí un compromiso entre voluntad y sentimiento: si avanzaba un nuevo escalón, le vaciaría el cargador encima.

–Muévete, hijo de una Babilonia animal –murmuré mientras le apuntaba–. Muévete un poco.

Ladró. Pero antes de que se decidiera un tiro de Caffó nos interrumpió. Disparaba contra sus congéneres. Mi monstruo abrió la boca enseñando y escondiendo la lengua, una mueca que resumía un insulto y una impotencia. Desanduvo el camino. Se retiró lentamente, sin darme la espalda. Dejaba atrás cada escalón con la pesadumbre del emperador que cede provincias. Cuando se perdió del todo pedí explicaciones a Batís:

–¿Y la dinamita? ¿Se puede saber por qué diablos no ha activado los explosivos?

La vehemencia de mi tono no hizo que perdiera la calma. Argumentó con un cálculo científico:

–Eran demasiados para dejar que entrasen y demasiado pocos para utilizar la dinamita.

Y con estas palabras resumió la cuestión. Pero había actuado bien. Todo lo que habíamos deseado desde la inmersión en el barco, todo lo que habíamos esperado día tras día, noche tras noche, nos fue concedido al día siguiente.

* * *

Durante el día nevó con persistencia nórdica. Una capa de medio metro cubría la isla. A media tarde el sol ya se hundía en el horizonte, como si tuviera prisa por despedirse del mundo. Caía a una velocidad sorprendente, arrastraba el crepúsculo con él, huía negándonos su testimonio. La mascota cantó sin pausa ni descanso desde que empezó a anochecer y con los ojos cerrados. Una melodía destructora que nunca le habíamos oído. Me acuerdo de mí, y de Batís, comiendo en platos de hierro en un mutismo absoluto. De vez en cuando nos mirábamos, o la mirábamos a ella. Nos inquietaba más que nunca. Pero no teníamos voluntad para ordenarle que callara. Éstos y otros augurios menores presagiaban acontecimientos decisivos.

Después de cenar, fumamos. Batís se acariciaba la barba y miraba al suelo. De repente nos sentíamos como un par de desconocidos que coinciden en una estación de tren.

–Batís –dije–, ¿ha participado usted en alguna guerra?

–¿Quién, yo? –preguntó Caffó sin demasiado interés–. No. Pero durante una temporada trabajé de forestal. Asistía a los cazadores, italianos ricos sobre todo. Cazábamos ciervos, jabalíes, osos a veces..., todo eso. ¿Y usted? ¿Tiene experiencia militar?

–Sí, en cierto sentido sí.

–¿De verdad? Nunca lo hubiera dicho. ¿Participó en la Gran Guerra? ¿Estuvo en las trincheras?

–No.

Después de una pausa muy larga Batís inquirió:

–¿En qué guerra fue, entonces?

–En una guerra patriótica –reflexioné por mi cuenta–. Luchaba por la patria, supongo. En mi caso también era una isla.

Batís se rascaba la nuca.

–¿Ah, sí?

–¿Sabía que patria en latín significa tierra de los padres? –Me reí–: Lo más gracioso de todo es que soy huérfano.

–Yo no haría ninguna guerra por mi padre, ni por su granja –dijo, y murmuró–: estiércol, estiércol, estiércol...

No me molesté en discutirlo. Siempre nos pasaba lo mismo. En apariencia manteníamos un diálogo, pero en realidad eran monólogos cruzados. Pasamos un rato en silencio. Miré el cielo sin levantarme de la silla. La nieve que caía se había reducido a cantidades insignificantes. Tendríamos luna llena. Antes de que saliera se hicieron visibles estrellas fugaces, intrusos en un crepúsculo violeta, breves como llamas de cerillas, tan efímeras que nos negaban el derecho a solicitar deseos. Él, con una inquietud infantil:

–¿Y quién ganó la guerra?

Me había perdido en mis pensamientos y ya no sabía a qué se refería:

–¿Qué guerra?

–La suya –me ayudó, sorprendentemente amable–. ¿Quién ganó? ¿Los patriotas de la isla o los otros?

–La guerra aún no se ha acabado –y me dirigí a la trampilla cargando el remington–. Acuérdese de girar tres veces el eje de la palanca antes de accionar los detonadores. Si no acumulamos suficiente energía no harán contacto.

Distribuí los quinqués que nos quedaban por la escalera. Después ocupé mi lugar en la trampilla del piso. Tendido en el suelo, la compuerta abierta y el fusil en las manos. Periódicamente le pedía noticias a Batís. «No carasapo, no carasapo», decía él, torturando la sintaxis. Pasó una media hora. Allá abajo, una ráfaga de nieve entró por la puerta abierta. Pero no era más que nieve.

–¿Los ve, Batís? ¿Los ve?

No me contestaba. Yo había aprendido del error de la noche anterior y no me atrevía a volver la cabeza. No quería perder de vista la planta inferior y la puerta abierta.

–¿Batís?

Le dediqué una ojeada rápida. Estaba de espaldas a mí, en el balcón, agachado tras la barricada de sacos. Algo había paralizado su figura, que parecía una estatua de sal.

–¡Batís! –grité, para sacarlo del desmayo que lo poseía–. ¿Vienen, Batís?

No movía ni los músculos menores. Me obligaba a abandonar mi posición, contra mi voluntad. Lo cogí por un codo:

–¿Hace demasiado frío? ¿Quiere que le releve un rato?

–*Mein Gott, mein Gott...*

Oí una concentración de voces semejante a un ruido de cañerías atascadas, a un desagüe gigantesco. Miré balcón afuera.

El número superaba la más enfermiza de las fantasías. Una luna llena, que la latitud austral magnificaba, nos los mostraba con luminarias de gran teatro. Eran tantos que cubrían todo el paisaje, que se apelotonaban en el bosque y sacudían los árboles, de los que caían capas de nieve. Eran tantos que se encaramaban a las ramas, columpiándose, subiendo y bajando, montándose los unos sobre los otros. Había tantos que muchos no tenían más remedio que asumir el papel de espectadores y se amontonaban sobre pequeños arrecifes, en la costa norte y en la del sur, como reptiles al sol. Les faltaba espacio hasta para mover las extremidades superiores, exasperados, frenéticos; el conjunto parecía una gran olla llena de gusanos de pescador. Los más vigorosos se abalanzaban sobre los menos enérgicos, hiriéndolos si hacía falta, saltando por encima de los cráneos desnudos. Una masa pastosa de carne gris y verde que se detenía delante del granito, retrocedía indecisa, como si esperase las órdenes de un líder sin nombre.

–¡Batís! –grité–. ¡Los detonadores, actívelos!

Pero no me oía. El labio inferior le colgaba como estirado por un pendiente. Apretaba el fusil con ambas manos, sin apuntar hacia ningún lugar. Batís, Batís, Batís, lo sacudí por los hombros. Bajó el remington un poco más. Me miraba sin conocerme y susurraba:

–¿Quién es usted?

Aquello me causó una impresión tremenda, sobre todo porque quien hablaba era un hombre muy seguro de las verdades elementales. No podía contar con él. Pero no tenía tiempo para auxiliarle. Agáchese, me limité a decir, cogiéndolo por la nuca. Batís se miraba el pecho y las manos, sin prisas, ajeno a la catástrofe que nos rodeaba. En cierto sentido le envidié.

Los tres detonadores estaban preparados. Primero quería activar las cargas acumuladas cerca del granito. La palanca llegó hasta el fondo. Durante un segundo Batís –incapacitado– y yo nos miramos como un par de idiotas: no funcionaba. Pero de repente una explosión atronadora nos obligó a tirarnos al suelo, tras la barricada, y a protegernos la cabeza con los brazos. Las llamaradas se elevaban como estallidos volcánicos, fragmentos de granito y metralla de todo tipo se incrustaban en los sacos, en las paredes, doblaban la barandilla como si fuese de alambre. La construcción entera se tambaleaba. Tuve la impresión de que escoraba como la torre de Pisa. Cuando abrí los ojos, una capa de polvo y ceniza nos cubría de arriba abajo. Dentro del habitáculo se extendía una nube opaca; partículas de hollín centelleantes volaban a media altura. Por algún lugar se adivinaba la figura de la mascota, aullando y aullando, aterrorizada.

Me asomé por encima de los sacos. Docenas, centenares de monstruos se habían volatilizado. Los cadáveres estaban dispersos, los que agonizaban se arrastraban entre los muertos. Parpadeé, limpiándome las mejillas y la frente, y grité:

–¡Batís, ayúdeme!

Los supervivientes ignoraban a los muertos. Cargaban contra la puerta abierta, aullando. Medio recuperado, o completamente enloquecido, Batís disparó el fusil contra la multitud. Yo también. Con cada disparo, el casquillo saltaba, y todo con celeridad de ametralladora. Era imposible fallar. Morían como fanáticos, caían y los caídos hacían tropezar a los que venían detrás.

–¡Continúe disparando! –bramé, prescindiendo del fusil–. ¡No deje que se acerquen a la puerta!

Mi intención era activar la segunda carga, pero el fragor de la lucha hizo que me equivocara: en vez de conectar la dinamita de la segunda línea hice estallar la tercera, más atrás. La mitad del bosque voló por los aires.

Una seta negra y granate ascendió veinticinco, cincuenta metros. Pese a la capa de nieve, los árboles ardían como cerillas, y muchos salían proyectados por los aires, giraban sobre el eje de las raíces y caían por encima de nosotros. Fragmentos de cuerpos se incrustaron en las estacas. Nos bombardeaban como balas de cañón. Un cráneo reventó contra el blindaje del balconcito justo en el momento en que nos llegaba la onda expansiva. Ésta empujó a la mayoría de sacos, y a mí mismo, con la fuerza de un huracán tropical. De repente me descubrí dentro de la habitación. Me arrastraba con los codos en medio de una humareda negra que me asfixiaba. El suelo estaba lleno de tierra, de chispas que daban saltitos. Allá fuera, en algún punto, haces de dinamita explotaban con retraso y por simpatía. Mi aliento era de azufre. Tosí, y escupí, y vi a la mascota, indefensa en un rincón de la casa. Durante un segundo nos cruzamos una mirada de incomprensión. Ella no entendía nada. Yo tampoco. ¿Qué estaba sucediendo? Aquel poder explosivo superaba las previsiones más optimistas. ¿Dónde estaba Batís? ¿Se había caído del faro como un marinero del barco? Batís, sí. Adiviné que durante los últimos días, mientras yo inspeccionaba las cargas dispersas y les sumaba metralla, Caffó no había resistido la tentación de añadir cartuchos por su cuenta. Habíamos convenido que ahorraríamos una parte de la dinamita, por precaución. Pero sin duda, a escondidas, él había llenado las minas con todo lo que teníamos. Si la primera y la tercera línea de dinamita por poco nos habían matado, ¿qué pasaría cuando accionásemos la segunda, tan poderosa como las otras dos juntas?

—¡Batís!

Estaba en el balcón, indemne y sucio. Una niebla londinense lo difuminaba con aires de fantasma. Les gritaba a los monstruos hecho un Goliat, poseído por espíritus de valquirias, más allá de la cordura humana. Buena parte de los cabellos se le habían quemado y humeaban. Disparaba el remington con una sola mano como si fuese una pistola, a derecha e izquierda, y maldecía con la otra, el puño cerrado. Sorprendentemente, un monstruo logró trepar entre las estacas y la barandilla medio destruida. Caffó le aplastó el cráneo con la culata, lo abrió como una sandía, a golpes, cinco golpes, seis, siete, brutalidades añadidas, y de una patada lo hizo caer. Después su atención se dirigió a la última caja de detonadores.

–¡Batís, no lo haga, no lo haga, por lo que más quiera, no lo haga! –gritaba yo de rodillas, reteniéndolo por la cintura–. ¡Volaremos por los aires!

Durante unos instantes me miró con la indulgencia de un señor feudal. Después:

–¡Apártese!

Y de un empujón me lanzó sobre los sacos. Debajo de nosotros los monstruos se agitaban y consumían en una trampa sin salida. Buscaban el mar y sólo encontraban cortinas de fuego. Muchos corrían entre las llamas, aún vivos. Los incendios quemaban más de la mitad de la isla. La mezcla de noche, monstruos aterrorizados y fogonazos rojos creaba un efecto aberrante de sombras chinescas. Dos terceras partes del granito habían desaparecido. Hasta el balcón subían voces de manicomio. Batís bajó la palanca.

Creía que la isla se hundía como un barco cañoneado. De norte a sur se elevó una cúpula incandescente. Comparándolo con aquel fenómeno, nuestro faro era una insignificancia ridícula, más frágil que un cirio bajo la tormenta. Una ola de ruinas y barro negro remontaba el cielo abarcando todo el arco visual. Los aullidos de los monstruos, de Caffó, los míos, todo se fundió de repente. Me había quedado sordo. En medio de un silencio artificial veía los labios de Batís moviéndose. Veía cuerpos mutilados volando a alturas inverosímiles. Veía la explosión, que parecía un ser vivo al que Caffó hubiese invocado. Indiferente al apocalipsis, Batís aplaudía, bailaba y blasfemaba como sometido a los efectos de una poción negra. Un último alud entró por el balcón, un torrente de escoria que nos cubrió de magma frío. Aquello era una escena secundaria del fin del mundo.

Lo que siguió tiene poca importancia. Caffó y yo nos sentamos muy lejos el uno del otro. Nos rehuíamos, presos de un raro embrutecimiento. Si aquello era la victoria, nadie quería mencionar ni celebrar aquella hecatombe de matadero. Dos horas después empecé a oír un silbido de locomotora lejana. Lentamente mis oídos volvían a abrir sus puertas al mundo de los sonidos. Poco antes de que llegara el día estaba casi totalmente restablecido.

Nos preparamos para la más macabra de las tareas. Bufandas y pañuelos nos servirían para taparnos la nariz. Salimos cuando las primeras luces iluminaban el campo con una tibieza de velas. Era horrible. Lenguas de fuego habían pintado el faro de negro. Los impactos de metralla lo convertían en una cara picada por la viruela más cruel. Los sacos de la barandilla, llenos de agujeros, seguían goteando como relojes de arena.

Allí donde había explotado la última carga se abría un cráter gigantesco. En cuanto a los monstruos, se extendían por todos lados, como abatidos por un ángel exterminador. Era imposible contar los cadáveres. Estaban por todas partes. Muchos flotaban en el mar. Mutilados, ennegrecidos, los miembros momificados por la acción del fuego. Retorcidos en posturas de muñeco, las garras rígidas y la boca abierta. Siempre recordaré aquel hedor a carne quemada, un olor increíblemente similar al del vinagre hervido. Algunos cuerpos habían perdido tanta carne que las costillas, carbonizadas, asomaban como barrotes negros. Otros aún se movían. Que los remitáramos debe entenderse como una obra compasiva más que otra cosa. Caminábamos entre los muertos y cuando advertíamos un movimiento los pinchábamos en la nuca, yo con un cuchillo y Caffó con su arpón. Pero el espectáculo hizo que aflorara la parte más sádica de Batís.

Uno de ellos había perdido una pierna entera y la otra a la altura de la rodilla. Sólo era un cuerpo que desprendía humo blanco y se arrastraba con los codos. En vez de rematarlo Batís le cerró el paso. El monstruo vio aquellas botas que le impedían seguir su camino. A fuerza de espasmos cambió de dirección. Batís se interponía constantemente entre él y la nada. Pero el monstruo no se rendía, con movimientos de caracol y cabezonería de mula buscaba el mar.

–¡Liquídelo de una vez, maldita sea! –grité, arrancándome el pañuelo de la cara. Aún se divirtió un poco más. Después le traspasó el cuello con el arpón.

Durante un tiempo indeterminado estuvimos arrojando cuerpos al mar. No habíamos acabado, ni mucho menos, cuando vi a la mascota en el balcón. Estaba sentada con las piernas dobladas y se aferraba a la barandilla como si la atasen cadenas. Dios mío, exclamé, Dios mío, mírela.

–¿Y ahora qué le pasa? –dijo Batís.

–Dios mío, está llorando.

XI

La catástrofe cayó sobre nosotros con la violencia añadida de los imprevistos. No habían pasado ni cuarenta y ocho horas desde la gran carnicería. Dos días, tan sólo dos días sin que nos atacaran. Me encontraba en algún punto del bosque. Paseaba armado con un lápiz y un bloc, reconstruyendo el calendario. Hacía mucho tiempo que ignoraba la fecha exacta en la que vivíamos. Caffó no se tomaba ninguna molestia al respecto y yo había abandonado el seguimiento de forma intermitente. Durante las épocas más peligrosas no había marcado ninguna cruz sobre el día que se acababa, sencillamente porque no creía que llegase al siguiente. Pero algunas páginas del calendario las había señalado dos veces, aumentando con ello la confusión. Era el caso de un mes entero, en que había repetido por error todos los días: podía seguir el trazo nervioso que había cambiado del lápiz negro al rojo, causa del error. El negro suprimía las jornadas fusilándolas con una línea. Pero era como si el rojo no diera validez a los días suprimidos por el negro y volviera a empezar el mismo mes, día tras día. Con barroquismo geométrico, el rojo se entretenía en cada fecha, minuciosamente, decorando los números hasta que adquirían las formas del capricho. El uno de febrero era un monstruo al acecho; el dos un monstruo que se encogía antes del salto; el ocho una montaña de cuerpos escalando el faro; el once un grupo en columna. Ya no recordaba haber plasmado tanta inconsistencia mental y no lo asumía como un producto propio. Al principio, como es natural, tuve una alegría: si había alargado falsamente el tiempo, quería decir que mi barco vendría antes de lo que me esperaba. Pero el cálculo de mis errores, de los días que había suprimido dos veces, daba un resultado exactamente opuesto a la alegría: el calendario me indicaba que mi barco debería haber aparecido hacía dos semanas.

¿Qué podía haber sucedido? ¿Una nueva guerra de alcance mundial que hubiese interrumpido el tránsito naval hasta la conclusión de las hostilidades? Tal vez. Pero, aunque los hombres tenemos tendencia a echar la culpa de nuestras penas a las grandes hecatombes –eso realza nuestra importancia como individuos–, la verdad casi siempre se escribe en minúsculas. Yo era el último grano de arena de esa playa infinita llamada Europa. Un elemento avanzado, patrulla mínima, súbdito sin rey. Lo más probable era que un burócrata inepto o una confusión de expediente, cualquier hecho insignificante, hubiera escondido la misión meteorológica en un archivo erróneo. La cadena de mando se había interrumpido por algún punto, y eso era todo.

Un oficial atmosférico perdido en las proximidades antárticas, ¡oh fatalidad, qué pérdida tan grave para una corporación naviera de ámbito internacional! Seguro que la junta directiva no me incluiría en el orden del día de ninguna de sus reuniones.

Recuerdo que pasaba las páginas con nervio, intentando rehacer unos cálculos catastróficos, que todas las aritméticas confirmaban. Recuerdo la uña negra de mi dedo índice, arriba y abajo, como si yo fuera el más tétrico de los contables. Nada. Dentro de mí podía sentir cómo se extendía la desesperación, un castillo que se hundía en el interior del estómago. Asumiendo la categoría de sentencia judicial, el calendario me notificaba mi condena a cadena perpetua. Sentía ganas de morir. Y sin embargo, la mejor manera de olvidar una mala noticia es oír otra peor. ¿Podía existir una noticia peor? Sí.

Sencillamente, no podía dar crédito a aquella voz, *zum Leuchtturm!,* que me avisaba desde el balcón. Oí la alarma de Batís, y disparos horadando la fría atmósfera, y alguna cosa muy delicada se deshizo dentro de mí. Al principio no tuve conciencia de ello. Dejé caer lápiz y papel y corrí para salvar la vida.

Ni siquiera habían esperado hasta la noche. Aparecían con los primeros claroscuros, cercando el faro quemado y picado de metralla. Kollege, Kollege, me advertía Batís mientras disparaba en todas las direcciones. Las escaleras del granito habían quedado destrozadas por las explosiones. Para llegar a la puerta debía trepar. Batís me cubría. Escogía como blanco a los monstruos que más se me acercaban. Aparecían y desaparecían con cada disparo. Cuando me encontraba a un par de metros del refugio el miedo se transformó en rabia. ¿Por qué volvían? Los habíamos matado a centenares. Y allí los teníamos de nuevo, otra vez. En lugar de esconderme opté por apedrear al más cercano. Cogía pedruscos de granito y se los lanzaba a la cara, uno, dos, tres. Recuerdo que le grité. El monstruo se protegía con los brazos. Retrocedió un poco. Y después, hecho insólito, me apedreó él a mí. Todo aquello era horripilante y esperpéntico a la vez. Caffó lo liquidó de un disparo bien dirigido.

–¡Kollege! ¡Entre de una vez! ¿A qué espera?

Ocupé mi puesto, a su lado, en el balcón. Disparé uno o dos proyectiles. No eran muchos. Pero ahí estaban de nuevo.

Bajé el cañón. Su presencia demostraba que cualquier esfuerzo sería inútil. Hiciésemos lo que hiciésemos volverían, siempre, más, todos. Para ellos balas y explosiones eran lo mismo que la lluvia para las hormigas, catástrofes naturales que se asumían y sólo afectaban al número, jamás a su perseverancia. Me rendía, levantaba la bandera blanca.

–¿Dónde diablos va ahora? –me recriminó Batís. No tenía fuerzas ni para contestar. Me senté en una silla con el fusil cruzado sobre las rodillas, las manos en la cabeza. Me puse a llorar como una criatura. Delante de mí estaba la mascota. A diferencia de otras ocasiones, esta vez se había sentado en una silla. Estaba sentada y apoyaba medio cuerpo sobre la mesa, indolente. Pero, como siempre, miraba a Batís en el balcón, los disparos, mi llanto, el asalto al faro, con la distancia que un cuadro de motivos bélicos genera en el espectador de pinacoteca.

Había llevado el coraje, la energía y la inteligencia más allá de cualquier límite. Había luchado con ellos armado y desarmado, en la tierra y en el mar, fortificado y al descubierto. Y regresaban cada noche, cuando querían, más y más, impasibles a la destrucción. Batís continuaba disparando. Pero aquel combate ya no me pertenecía. Oh, Dios mío, me dije enjugándome las lágrimas, ¿qué más podría haber hecho un hombre razonable en mi situación, qué más? ¿Qué habría hecho el más decidido, el más sensato de los hombres que yo no hubiera hecho todavía?

Me miré las palmas húmedas de lágrimas y miré a la mascota, la mascota y las palmas. Dos días antes lloraba ella y ahora lloraba yo. El llanto había distendido algo más que mi cuerpo. Los recuerdos me asaltaron sin ningún control –después de llorar pensamos con más libertad que nunca– y la memoria me llevó hasta una vieja escena, típica de mi tutor.

Una vez estaba frente a un espejo, abstraído en esa complacencia tan enigmática de los adolescentes. Mi tutor me preguntó a quién veía. A mí, dije, a un chico. Correcto, dijo él. Me puso una gorra militar inglesa en la cabeza –a saber de dónde la había sacado–. ¿Y ahora? A un oficial inglés, reí. No, me cortó, yo no le pregunto qué ve, sino a quién. A mí, dije, con una gorra inglesa en la cabeza. No es correcto del todo, insistió. Todo lo convertía en uno de sus ejercicios, a veces tan enojosos. Me pasé media tarde con aquella odiosa gorra en la cabeza. No me la sacó hasta que sencillamente contesté: A mí, me veo a mí.

La mascota y yo estuvimos mirándonos toda la noche. Caffó luchaba y nosotros nos mirábamos, cada uno en una punta de la mesa, y yo no sabía a quién estaba viendo y quién me estaba mirando.

Al final de la noche Batís me dedicó el desprecio que se merecen los desertores. Por la mañana salió a pasear, o a cualquier otra cosa. Inmediatamente después subí al habitáculo. La mascota dormía acurrucada en un ángulo de la cama. Desnuda pero con calcetines. La cogí por la muñeca y la obligué a sentarse a la mesa.

A media tarde Caffó se reunía con un hombre febril:

–¡Batís! –dije, derrochando entusiasmo–. Adivine lo que he hecho hoy.

–Perder el tiempo. He tenido que reforzar la puerta yo solo.

–Venga conmigo.

Me llevé a la mascota cogiéndola por un codo, Batís me siguió un paso por detrás. Una vez fuera del faro la senté en el suelo. Él se quedó de pie, cerca de mí, impertérrito.

–Mire esto –dije.

Me puse bajo el brazo uno, dos, tres, cuatro troncos de leña. Pero el cuarto lo dejé caer expresamente. Hacía teatro, claro. Recogía el tronco, y otro se me resbalaba de entre los brazos. La maniobra se repetía y repetía. Batís me miraba a su manera, sin entender pero sin interrumpirme. Venga, venga, pensaba yo. Por la mañana, durante la ausencia de Batís, había estado haciendo aquel experimento. Pero ahora no obtenía resultados. Batís me miraba a mí, yo a la mascota y ella miraba los troncos.

Por fin, se rió. La verdad es que hacía falta un poco de imaginación para interpretar aquello como una risa. Pero lo era. Primero resonaba desde el pecho. Aún mantenía la boca cerrada pero ya oíamos la estridencia. La traicionaba alguna glotis interna y nos llegaban sonidos. Después abrió los labios. Se reía, en efecto. Estaba sentado con las piernas cruzadas y movía la cabeza de un lado a otro. Se daba palmadas sobre la parte interior de los muslos. Ya movía el torso hacia adelante, ya volvía los ojos al cielo. Los pechos le bailaban al compás de las carcajadas.

–¿Lo ve? –dije con una especie de satisfacción triunfal–. ¿Lo ve? ¿Y ahora qué opina?

–Que mi Kollege no es capaz de sostener cuatro troncos a la vez.

–¡Batís! ¡Se está riendo! –Hice una pausa esperando una reacción que no se presentaba. Añadí:– Llora. Se ríe. ¿A qué conclusiones llega?

–¿Conclusiones? –gritó–. ¡Yo le diré a qué conclusiones llego! ¡Creo que descuartizamos a pocos, a muy pocos! Creo que se reproducen como escarabajos. Creo que pronto volverán a la carga, y no como las últimas noches, sino a miles. Será nuestra última noche sobre la Tierra. Y usted se entretiene jugueteando con cuatro palos como un payaso de feria...

Pero yo sólo pensaba en ella. ¿Qué hacía allí, en el faro, con un troglodita chiflado por compañía? De hecho, lo único que sabía de su biografía era anecdótico. Una vez Batís me había dicho que la había encontrado tendida en la arena, como algunas medusas que venían a morir a nuestras playas.

–¿Nunca ha intentado huir? ¿Nunca ha salido de la isla? –pregunté. Batís no me concedía la menor atención. Insistí–: Usted, a menudo, la pega. Debería tenerle miedo. Pero no huye. Y no le faltan oportunidades.

–Y usted, últimamente, tiene ideas raras.

–Sí. Y no puedo evitar un pensamiento descabellado –anuncié–. ¿Se imagina que fuesen algo más que monstruos submarinos?

–Algo más que monstruos submarinos... –dijo él sin escucharme, contando unas municiones que menguaban cada día.

–¿Por qué no? Quizá bajo esos cráneos pelados haya algo más que simples instintos. Si fuera así –insistí–, podríamos entendernos con ellos.

–Y yo creo que debería poner freno a su fantasía –me interrumpió, mientras cargaba el fusil con una estridencia premeditada.

No ganábamos nada discutiendo y preferí ahorrarme una tarde de polémicas.

* * *

Ciertamente, los ataques no eran muy frecuentes. La mascota no cantaba y eso nos proporcionaba cierto grado de seguridad. Pero no nos podíamos engañar. Nuestros sentidos se habían aguzado, los combates del faro nos habían hecho expertos en un conocimiento tan invisible como palpable. Un mar agitado; unas olas de color berenjena; una humedad en el aire, tan densa que por el cielo podrían nadar ballenas. Cosas que no deberían significar nada, y que, sin embargo, sin motivos racionales, sin que pudiéramos unir causa y consecuencia, nos indicaban que el juicio final se acercaba. Que bajo las olas se congregaban fuerzas, y que esta vez nuestro mermado arsenal no las detendría.

Todos los signos nos abocaban a la muerte. Y quizá por eso mismo volví a reincidir con la mascota, porque todo perdía importancia. No me hicieron falta demasiadas precauciones para esconderme de Batís. La muerte, nuestra muerte, estaba a punto de desembarcar en nuestra isla, y con aquello bastaba para que aquel hombre se ensimismara en su mundo interior. Perdía el tiempo en actividades nada prácticas pero muy entretenidas. Se evadía de la realidad reparando la puerta, o contando los escasos cartuchos que nos quedaban. Los conocía uno a uno, como los campesinos sus vacas, y hasta les ponía nombres. Las balas que le parecían más bonitas –ignoro con qué criterio diferenciaba unas de otras– las reservaba aparte, envolviéndolas en un pañuelo de seda. Deshacía el nudo y volvía a contarlas. Entrecerrando los ojos, señalándolas con un dedo, como si nunca estuviera seguro del número exacto. Él sabía que su minuciosidad me ponía frenético, así que, aunque sólo fuera para evitar tensiones, era muy natural que me alejara del faro. Durante esos largos ratos fornicaba con la mascota. En la casa del oficial atmosférico, pero sobre todo en el bosque, por si Batís aparecía súbitamente.

Durante aquellos días de lenta agonía, pues, las relaciones con Batís fueron muy esporádicas. Peor aún: el ambiente del faro se enrareció de una forma poco explícita. El problema no era lo que nos decíamos, sino lo que ya no nos decíamos. Aún no se decidían a ejecutarnos y necesitaba ocupar mi mente. Me acordé del libro de Frazer:

–¿Sabe por dónde anda el libro de Frazer? Hace un par de días que lo busco y no lo encuentro.

–¿Libro? ¿Qué libro? Yo no leo libros. Eso es cosa de monjes.

No creía ni una palabra de lo que me decía. ¿Por qué me mentía? ¿Tanta animadversión le despertaba que incluso me impedía el acceso a una lectura filosófica? Batís, que a su manera podía ser muy diplomático, me espetó desde la silla donde estaba sentado:

–¿Quiere libros? ¿Por qué? ¿Necesita alguna distracción? Usted es joven. Tal vez deberíamos buscarle una mascota.

Y me dedicó un mohín irónico profundamente desagradable. ¿Sospechaba algo? No. Sólo pretendía insultar mi sensibilidad. También me estaba sugiriendo que me retirara, que saliese de la habitación, que quería fornicar con la mascota. Pero yo no quería irme.

–Lo último que podría decirse de esta isla –repliqué– es que se trata de un lugar aburrido. ¿Por qué no intenta dignificarla? Probablemente tengamos delante de las narices la solución a nuestras desgracias.

Contuvo un sarcasmo y se cruzó de brazos, muy atento:

–¿De verdad? —dijo—. Explíqueme, pues. ¿Avanzan sus esfuerzos? ¿Qué habilidades le enseña, exactamente? ¿Cocina francesa? ¿Caligrafía china? ¿O le basta con practicar juegos malabares con cuatro troncos?

Se engañaba. La cuestión no era aquello que podíamos enseñarle, sino aquello que podíamos aprender de ella. Lo más devastador de todo era que, de hecho, nada había cambiado. Habíamos sido paisajistas que pintaban la tormenta de espaldas al horizonte. Sólo teníamos que volver la cabeza, nada más.

Todos los ojos miran, pocos observan, muy pocos ven. Ahora la miraba buscando humanidad y encontraba a una mujer. Ni más ni menos, ni menos ni más. Lo que derribaba murallas eran insignificancias: ella sonríe, es zurda por convicción, no me tolera cuando la sigo y persigo y se agacha para orinar. Una mujer, en fin, que practica esta idea tan europea del ridículo ajeno. Ridículo de mí, aún la juzgo con el criterio de un niño que no conoce ninguna norma adulta. Antes convivía con un animal, y cualquier actitud civilizada se asociaba a la domesticación. Cada nuevo día a su lado, cada hora de observación atenta reducía distancias a velocidades prodigiosas. Aquello que sólo había sido presencia se transformaba en convivencia. Y cuanto más la trataba más me obligaba a vivirla desde una cotidianidad tranquila. Convertía los sentidos en instrumentos agudos y lo cierto es que al hacerlo, al interpretarla de cualquier forma que no fuese la animal, el escenario se transformaba como por efecto de magia. Y ella pertenecía a un mundo. Ella era ellos.

Todos los ojos miran, pocos observan, muy pocos ven. Una noche más estamos en el balcón, medio amparados de la nieve que cae. Antes no habría visto montañas de mármol, ahora distinguía granitos de arena en el horizonte. Durante uno de los ataques menores de esos días, cuando ponían a prueba la intensidad de nuestras últimas defensas, Batís hirió a otro, más bien pequeño. Cuatro más corrieron a auxiliarlo. Oh, Dios mío, Dios mío. Aquello que creíamos furor caníbal sólo era el esfuerzo de quienes se arriesgan para rescatar a sus hermanos de armas bajo el fuego enemigo. Yo odiaba especialmente aquel presunto canibalismo, aquel afán por devorar carroña incluso antes de que el cuerpo muriera. ¿Cuántas veces habíamos disparado contra individuos que sólo pretendían salvar a sus hermanos?

XII

¿Quién era ella? Allí, en el faro, me hice esta pregunta infinitas veces. Cuando me inflamaba el deseo y justo después de tenerla. Antes y después de cada asalto, cuando el sol salía y cuando se ponía. Me lo preguntaba cada vez que una ola cansada llegaba a nuestras playas: desde el balcón veía el mar, esa extensión que siempre habíamos creído vacía, y mi imaginación expandía todas sus potencias para preguntarse: ¿quién eres?, ¿qué haces aquí?

Nunca sabría nada de ella. Estaba condenado a esta ignorancia primordial. Entre ella y yo se extendía una distancia inimaginable. Formaba parte de una comunidad de seres que vivían bajo los océanos. Toda mi fantasía era impotente a la hora de concebir su mundo, vida cotidiana y trivialidades, los principios que regían su existencia. ¿Cómo iba a entender los conflictos que la enfrentaban con los suyos? ¿Cómo iba a entender jamás sus frustraciones, sus derrotas? Nunca sabría qué la llevó a esconderse en el faro. Eso era tan imposible como que ella llegara a entender los motivos que habían llevado hasta allí a un irlandés desertor. Antes de llegar al faro mi alma se había movido por senderos tortuosos. Y si aceptaba la posibilidad de que ella fuese una igual a mí, también debía asumir que su vida se hubiera movido por caminos equivalentes, sí, pero infinitamente lejanos. Ignoraba, incluso, si entre ellos la palabra «amor» tenía algún contenido.

La trataba con una dulzura que hasta entonces nunca le había mostrado. La primera vez que la poseí fue un acto puramente casual, por desesperado. Antes de haberla tocado, sus olores me repelían. La ausencia de pelo, el tacto y el color de su piel, húmeda, siempre glacial. Ahora no me podía creer que estas reservas hubieran existido nunca. Sucedió, también, que ni yo mismo controlaba mis ternuras. Es innegable que al principio las premeditaba: creía que demostrándole un afecto, amándola como amaría a cualquier mujer, se iniciaría un acercamiento mutuo. Creía que si ella tenía un mínimo de sensibilidad, percibiría la enorme distancia que me separaba de un Batís Caffó. De esta manera, pensaba, su parte más humana vería la luz como una mariposa al salir del capullo. No fue así. Sin pretenderlo, yo le dedicaba una pasión cada vez más sincera, pero ella no se conmovía. Notaba que dentro de mí crecía un amor nuevo, un amor que el faro estaba inventando. Pero cuanto más me acercaba a ella, con más resistencias topaba ese amor sin precedentes. Antes de hacer el amor nunca me miraba a los ojos. Después, era tan poco receptiva a las sonrisas como a las caricias. Regulaba el placer con la exactitud de un reloj que marca las horas. Y con la misma frialdad.

Si fuera del faro toleraba mi cuerpo, dentro de él lo convertía en un fantasma. Me rehuía. Era inútil intentar arrancarle una atención. También había un factor añadido: el propio Caffó. Cuando él estaba presente se volvía, si cabe, más insociable. Yo quería pensar en ella como un ser particular, un ser sometido a una especial tiranía. Una vez dentro del faro, sin embargo, entre los fusiles y su amo, volvía a ser el cuerpo idiota de siempre, mezcla de perro sumiso y gato esquivo. Todo aquello que me había parecido ver se convertía en un espejismo.

Esos días ya no sabía de qué lado estaba la razón. Quizá sólo quería dignificar mi deseo. Quizá quería elevarla a mi nivel, por miedo a que la muerte se me llevara en estado salvaje. Por otra parte yo había renunciado al mundo, a todos los hombres. Y aunque me pareciera increíble, dentro de mí se abría camino la idea de que, sin saberlo, ella era el refugio que había estado buscando desde que huí de Europa. Cuando la miraba y nada más, cuando la tocaba y nada más, en esos momentos las crueldades del faro no existían. Y podía constatar, asombrado de mí mismo, que ni siquiera me importaba que pudiera ser más o menos humana, más o menos mujer. Es mentira: el séptimo día el buen Dios no descansó. El séptimo día la hizo a ella y nos la escondió bajo las olas.

Fuese como fuese, mis actos se independizaban de mis reflexiones. Ahora hacía esfuerzos desmedidos por poseerla lejos de Batís. En cierta ocasión me la llevé al bosque y luego nos quedamos dormidos sobre el musgo. Aquel día se hicieron obvios los inconvenientes de un amor tan grotescamente clandestino. Y más cosas.

Soy una marioneta sin hilos, he agotado músculos de mi cuerpo que ni siquiera sabía que existiesen. Me remuevo en el lecho de musgo, con una conciencia que vaga por mundos lánguidos. Pero al escapárseme un pequeño bostezo, noto que la mano de ella me tapa la boca y me obliga a callar con la firmeza de una ventosa de carne. Abro los ojos. ¿Qué hace?

Oigo una tosca canción alemana. Cerca de nosotros, las botas de piel de Batís pisan la vegetación. Busca troncos para las obras del faro. Cuando aparece una víctima adecuada, el hacha le cae encima sin clemencia. Palpa cada hallazgo, se admira de su poder y ríe en solitario. Desde donde estoy sólo puedo ver sus pies, cuatro árboles más allá. Se acerca un poco más, tanto que los hachazos provocan una lluvia de virutas sobre nuestros cuerpos. Ella mantiene una calma admirable. Ni respira ni parpadea, y su mano me pide que la imite. Obedezco. Me aventaja en experiencia: ¿cuántas veces se habrá enmascarado de ballenas asesinas, de mil peligros submarinos? Batís hace unos ruidos con la garganta, unas gárgaras satisfechas. Se aleja cantando.

Horas después Caffó se reunía con un hombre distinto. Entró en la habitación y se sentó delante de mí, medio distraído. No dije nada. Él hablaba de lo mismo de siempre, la obsesión por las municiones escasas y las puertas dañadas.

–Batís –lo interrumpí sin moverme–. No son monstruos.

–¿Perdone?

Tardé mucho en repetirlo:

–No luchamos contra fieras, estoy seguro.

–¡Kollege! Este faro vuelve loco a cualquiera. Y a usted especialmente. ¡Es usted débil, Kollege, un hombre muy débil! No todo el mundo puede resistir el faro.

Pero ya no podía seguirlo más allá. Nuestras divergencias eran dos caminos que llegaban a una encrucijada. Negué con la cabeza, muy cansado. Arrastré las palabras. Cada una tenía su peso:

–No, Batís, no. Se equivoca. Esto se acaba aquí. Hay que enviarles una señal de buena voluntad.

–Creo que me he quedado sordo.

–Deberíamos tener un gesto para con ellos. Tal vez así entiendan que esta guerra no nos interesa. –Me desinflé–: Aunque seguramente ya es demasiado tarde. Pero no hay otro camino.

Naturalmente, yo no podía explicarle toda la verdad. No podía decirle que las bestias no entienden de amores secretos ni esconden los adulterios. No podía decirle que todos sus argumentos enmudecían ante aquella mano que me había tapado la boca. Divagué un poco más y él, de un manotazo, desperdigó todos los objetos de la mesa. Dentro de sus ojos las pupilas se habían reducido a cabezas de aguja, más negras que nunca.

No quería oírme, se levantó de la mesa. Pero nada podía ser más absurdo que aquella matanza. El enemigo no era una bestia, y esta simple constatación hacía que me resultara imposible disparar contra ellos. ¿Qué sentido podía tener que nos matásemos? ¿Por qué debíamos perder la vida en una isla misérrima del Atlántico sur? Ninguna respuesta era razonable. Moví las manos con gestos que imploraban la comprensión de mi interlocutor:

–Esfuércese un poco, Batís. Tienen mil reproches que hacernos. Plantéeselo así: somos invasores. Ésta es su tierra, la única tierra que tienen. Y nosotros la hemos ocupado con un fortín y una guarnición armada. ¿No le parece suficiente motivo para que nos ataquen? –Me alteré, sin poder evitarlo–: ¡Yo no puedo recriminarles que luchen por liberar su isla de los invasores! ¡No puedo!

–¿Dónde estaba esta tarde?

Aquel cambio repentino de tema me obligó a adoptar un tono más sumiso:

–Echando una siesta, en el bosque. ¿Dónde quería que estuviese?

–Sí, claro –dijo, como ausente–, una siesta. Las siestas tonifican. Y ahora prepárese, está oscureciendo.

Con una mano me alcanzó el remington. No lo cogí. Sólo era un arrebato, fruto de la discusión anterior, pero mi rechazo lo indignó. En cualquier caso no dijo nada. Yo tampoco. Él salió al balcón y poco después lo seguí. Yo, desarmado, me echaba el aliento sobre las manos para calentarme. Batís cogió un puñado de nieve y me lo lanzó al pecho:

–¡Tenga! –dijo–. A lo mejor los ahuyenta con bolas de nieve.

–¡Cállese!

Ella cantaba. Desde el bosque negro llegaron unas voces de hierro. Unos aullidos largos, sostenidos y tiernos. Una ternura que nos mataba de miedo. Batís cargó su remington con aquel sonido tan conocido, crec-clic.

–¡No dispare! –dije.

–¡Canta! –dijo él.

–No.

La expresión de Batís reafirmaba su convicción de que me había vuelto loco. Murmuré:

–No cantan, hablan. Escuche.

Volvimos la cabeza. Ella estaba sentada sobre la mesa. Su voz se expandía hacia el balcón, y más allá. Me pareció que se había establecido un diálogo entre el clamor de fuera y su cántico. Los focos no mostraban nada más que copos de nieve que caían del cielo en espiral. Entré en la habitación. Cuando me acerqué a la mesa, la mascota enmudeció. El bosque también calló.

El diálogo aún reverberaba dentro de mí. Sólo sabía que algunas expresiones se habían repetido con más frecuencia que otras. Palabras como «citauca», más o menos. Y sobre todo «Aneris», o algo similar. Pero cualquier intento de transcribir aquellos sonidos sería un fracaso, una partitura abortada. Mis cuerdas vocales se parecían tanto a las de ellos como un cepillo a un violín. A pesar de lo cual dije, con una imitación pobrísima y grandes dosis de imaginación:

–Aneris.

Ella me miró. Con aquello tuve suficiente para aventurar:

–Citauca, Batís. Es el nombre que se dan ellos –dije, muy generoso con los sonidos y mi interpretación–. Y ella también tiene un nombre: se llama Aneris. Ellos se llaman así, ella se llama así. Cada noche hace el amor con una mujer que se llama Aneris. –Y concluí, bajando la voz–: Se llama Aneris. Un nombre muy bonito, por cierto.

Batís los había reducido a una masa anónima. Yo creía que dándoles un nombre su visión a la fuerza debería modificarse. «Citauca», «Aneris», daba lo mismo. Las palabras que construía, que casi inventaba, sólo eran un sucio reflejo de los sonidos que ellos pronunciaban. Pero aquello importaba menos que el hecho de adjudicarles una identidad concreta. Y, sin embargo, conseguí el efecto exactamente contrario al que buscaba. Batís estalló como una bomba:

–¿Ahora quiere hablar el idioma de los carasapo? ¿Es eso? ¡Pues tenga su diccionario! –y me lanzó bruscamente mi remington, que voló la distancia que nos separaba–. ¿Sabe cuánta munición nos queda? ¿Lo sabe? Ellos están allí fuera, nosotros aquí dentro. ¡Salga y deles el fusil! Me gustará ver cómo lo hace. ¡Sí, me gustará ver cómo parlamenta con los carasapo!

Yo no dije nada, él aún cogió más impulso. Movió un puño:

–¡Salga de aquí, maldito Kollege llorica! ¡Ocupe el rellano! ¡Baje las escaleras, defienda la puerta! ¿Y usted me acusaba de asesino? ¡Usted sí que es un homicida! ¡Un homicida de ilusos! ¡Conseguirá que nos maten! Se comerán nuestra carne, nos chuparán la médula de los huesos y, cuando estén hartos, se reirán de sus ideas de idiota, allá, en lo hondo de su infierno húmedo! ¡Fuera de mi vista!

Nunca lo había visto de aquella manera. Se revolvía como en los peores combates cuerpo a cuerpo en el balcón; por un instante hizo que me sintiese como si estuviera viendo en mí a uno de ellos. Durante unos segundos sostuve su mirada. Después preferí cortar la conversación. No escuchaba. Salí de la habitación.

Lo que me sorprendía de Batís no eran los argumentos, sino la actitud. Era lógico que tomáramos nuestras precauciones. Habíamos matado a centenares. No podíamos esperar que, de la noche a la mañana, una bandera blanca lo solucionase todo. Pero era como si Batís dilapidara todo debate al respecto. No quería ni oír hablar de la cuestión.

El resto de la noche no pasó nada. Por el mirador de la puerta vi a algunos, muy pocos, que esquivaban los focos. Allá arriba Batís disparaba, frenético, y les increpaba en su dialecto alemán. Estaba muy nervioso. Volaban bengalas de color violeta del todo innecesarias. ¿Pero de qué le podía servir toda aquella energía pirotécnica?

Poco a poco se fue recluyendo en sí mismo. Rehuía cualquier contacto conmigo. Cuando forzosamente debíamos coincidir para hacer guardia, al anochecer, hablaba sin decir nada. Hablaba y hablaba como nunca había hablado. De esta manera, saturando el ambiente con una cháchara vacía, hablando para asfixiar la conversación, eludía el único tema que interesaba discutir. Yo procuraba ejercer toda la tolerancia posible. Quería creer que tarde o temprano cedería.

Como no podía contar, ni mucho menos, con su ayuda, me decidí por una iniciativa solitaria. Me habría gustado que fuera cómplice de la maniobra. Pero era imposible llevarlo a mi terreno. Lo más irónico de todo era que el propio Caffó me había sugerido la idea. Durante la discusión se había referido a la loca posibilidad de entregar nuestros fusiles a los citauca. Eso fue exactamente lo que hice. Con precauciones, por supuesto. Hacía tiempo que la vieja escopeta de Batís no tenía munición de su calibre y, por tanto, nos resultaba completamente inútil. No sería un individuo tan práctico como él quien la echase de menos.

Me dirigí a la playa que un día me había visto llegar a la isla. Me constaba que ellos, a menudo, utilizaban aquel sitio como punto de desembarque. Clavé la escopeta en la arena, por la culata y firmemente. La rodeé de un círculo de grandes pedruscos, un artificio simple pero que revelaba mis intenciones. Quizás entenderían la señal. En cualquier caso, no teníamos nada que perder.

★ ★ ★

Se arrastraron tres días más, y en honor a la verdad hay que decir que Batís no se interpuso entre Aneris y yo. Creo que actuaba así por complejas razones. Batís no sabía afrontar dilemas importantes. Naturalmente, sospechaba algo sobre mis relaciones con ella. Pero eran unas sospechas mucho más difusas de lo que podría esperarse en nuestras peculiares circunstancias.

Los hombres entregados a la mar acostumbran a ser gente tan ruda como práctica. De nuestra convivencia, y por el simple hecho de haber leído más libros que él, deducía que yo era una especie de bibliotecario fuera de su hábitat. Obviamente, la única diferencia entre nosotros era que en mi biografía había entrado un tutor muy especial, nada más. Pero Batís compartía esa creencia, tan extendida, según la cual los libros son una especie de antídoto contra las tentaciones carnales, y por tanto estaba convencido de que nuestros deseos no tenían ninguna frontera en común.

Muy probablemente, lo que más le desconcertaba era que no le discutía la propiedad de Aneris. En ese caso habríamos tenido reyertas de piratas, en las que su carácter habría luchado en un terreno más propicio. Pero yo nunca le reivindiqué una vagina. Lo que le planteaba era algo más grande, mucho más grande: que el enemigo no era una fiera. Un hombre con más luces habría deducido que esta idea era la más peligrosa para sus intereses, porque era una idea que inevitablemente me acercaba a Aneris. Él no. Las evidencias derribaban incluso la lógica rudimentaria de un Batís Caffó, pero el resultado no era la lucidez, sino el colapso. Y como refutaba todo el planteamiento en su conjunto, no podía afrontar ni aquella parte que le afectaba más de cerca. Su respuesta consistía en volver la espalda y simular que ignoraba el problema.

El hecho era que Batís sufría un asedio doble. Ahora le asediaban desde fuera del faro y desde dentro del faro. No era que Batís, Batís Caffó, fuese incapaz de entender la realidad. Lo que sucedía era que ni quería ni podía aceptarla. Se había adaptado a la isla a su manera. Realmente tenía un sustrato de principios morales. No era un asesino. O no quería serlo. Durante esos días repetía más que nunca la historia del italiano confundido con un sodomita, o a la inversa. No se trataba de un chiste. Eran fragmentos de un pasado que yo desconocía, un accidente, un homicidio involuntario, actos más o menos casuales que lo habían convertido en un paria de la sociedad. Tal vez fue así como llegó a la isla, huyendo de la justicia. Eso no me afectaba. Al fin y al cabo, plantearse si Batís era bueno o malo no tenía la menor importancia. Y a aquel faro –podía corroborarlo– sólo llegaban fugitivos de uno u otro tipo. La cuestión era que una vez allí, en el faro, en algún momento se vio obligado a darle un sentido a la locura. Escogió pensar las noches y eludir los días. Bestializó al adversario, con lo cual sustituía el conflicto por la barbarie, el antagonista por la bestia. La paradoja era que el razonamiento se mantenía gracias a sus inconsistencias. El combate por la vida lo absorbía todo. La magnitud del peligro hacía que se aplazaran debates, que rechazaba por absurdos. Y una vez establecido el blindaje de su lógica, cualquier agresión la perpetuaba. El terror citauca era su aliado natural. Cuanto más se acercasen los citauca al faro, más argumentos tendría Batís. Cuanto más brutales fuesen sus ataques, menos reflexiones se merecería el atacante.

Pero yo no tenía la obligación de seguirlo. En esencia, ésta era la única libertad humana que me quedaba allí, en el faro. Y en el caso de que se demostrase que no eran bestias, el orden de Batís se destruiría con más violencia que la que escondían los arsenales militares de toda Europa. Esto lo comprendí más tarde. Esos días veía a un Batís Caffó que no ponderaba. ¿Pero quién no estaría dispuesto a modificar el prisma de sus ojos cuando la vida y el futuro dependen de la mirada que dedique al enemigo?

XIII

Era un día cualquiera, un día más en el faro. Pero uno de esos días que se inician cargados de presentimientos. La panza de las nubes exhibía un gris negruzco. Unas nubes rotas, sin nexo, que ocupaban el cielo como piedrecitas de un mosaico, a millares –eso dilataba el firmamento. Por detrás de las nubes, claridades de rosa pálido que provenían de un sol mate. Unas manos invisibles habían hecho desaparecer la escopeta de dos cañones. Me pasé media mañana especulando sobre qué significaba aquello. Pero no llegaba a ningún lado. ¿Era un acto de buena voluntad o todo lo contrario?

Las noches que siguieron me pareció que la actividad citauca disminuía. No los veíamos. Intuíamos que estaban allí fuera, sí, cuchicheaban entre ellos. Pero cuando encendíamos los focos eludían la lucha. La prueba más concluyente de todo aquello era que Batís no pudo disparar ni un solo tiro.

¿Existía alguna relación entre aquella falta de agresividad y la desaparición de la escopeta? ¿Realidad efectiva o deseo impulsado por la esperanza? Atravesaba un momento delicado: podría pensar en ello mil años sin llegar a ninguna conclusión. No estaba seguro de nada.

Fui paseando hasta la fuente. Allí encontré a Batís, enfrascado en tareas ridículamente inútiles. Trabajaba para no tener que pensar, como siempre, y eso le impedía ver lo absurdo de unas obras tan precarias. Tenía mala pinta. Parecía que hubiese dormido con la ropa puesta. Le invité a tabaco, aunque sólo fuera para restablecer algún tipo de comunicación humana. Pero yo no estaba de buen humor. Abrió la boca y me vinieron ganas de recriminarle toda la insensatez de su actitud.

–He tenido una buena idea –dijo en voz baja, consciente de que formulaba imposibles–. En el barco aún queda mucha dinamita. Si matásemos a mil más liquidaríamos el problema.

Estaba a la defensiva, a su manera me hacía concesiones. Pero ya no podía permitirme la menor cortesía con él. Siempre lo había tratado con comedimiento, amoldándome a sus límites, comprendiendo sus incapacidades, transigiendo con minucias y arrebatos cuando convenía. Sus propósitos eran tan diáfanos como ridículos. ¡Qué contumacia! Éramos como dos hombres ahogándose, y la solución que él propugnaba era que nos bebiéramos toda el agua del mar. Me exasperaba más que nunca; era uno de esos individuos que mejoran las cosas buenas pero empeoran las malas. Matando a más citauca cerraría todas las puertas al diálogo –si es que quedaba alguna abierta– y consolidaría el orden de la violencia. Pero por minúscula que fuese, la posibilidad de entendernos con el adversario era infinitamente más atractiva que una lucha incierta y criminal. ¿Por qué iba a tener que seguirle en su guerra particular? No, ya no estaba dispuesto a matar más, y sólo lo haría en una desesperada legítima defensa.

–¿De dónde viene su testarudez de mula? ¡Abra los ojos, Caffó! Creíamos que esto era el sitio de Siracusa, y nosotros, con fusiles y dinamita, unos Arquímedes del siglo XX. Pero todo nos indica que luchan por su tierra, la única tierra que tienen. ¿Quién puede recriminarles eso?

–¿Alimenta su cerebro con matarratas? –replicó, mostrándome un puño–. ¿Aún no sabe que en este lugar Dios no tiene derechos? Usted quiere ver luces de catedral donde sólo hay cenizas. ¡Se engaña, Kollege! ¡Si aún sigue vivo es porque le abrí las puertas del faro! Si no los matamos, ellos nos matarán a nosotros. Es así. ¡Ayúdeme a bajar al barco! Yo lo hice por usted. ¿Me va a negar ahora su ayuda?

La conversación se había convertido en una retórica de bizantinos fanáticos. Confluían mi frustración, su cabezonería y la inmensa soledad del faro. Sólo necesitamos una pericia, le decía yo, ninguna aversión es insuperable. Juntos somos fuertes, no nos separe, era su contrapunto. Pero por una vez yo no estaba dispuesto a transigir, no podía transigir. Él se refugiaba en fuerzas de argonauta, yo le oponía una tensión de espadachín. Cuando repitió sus antiargumentos grité:

–¡Soy yo quien intenta ayudarle! ¡Y lo haré si deja de comportarse como una mula!

Se puso a reír como un loco. Me miró a los ojos y aún se rió más. Soy una mula, yo, una mula, decía, como si hablara con amigos invisibles. Reía y repetía: ¡Los carasapo son unos señoritos y yo soy una mula!

Se reía mirando las nubes y trazando pequeños círculos, como un tren de juguete. Indignado, o loco, o ambas cosas. Oí que comentaba para sí mismo la historia del italiano confundido con un sodomita. Me tapé los oídos con las dos manos:

–¡Cállese de una vez, Caffó! ¡Cállese! ¡Olvídese de italianos y sodomitas! ¿A quién le interesan esas monsergas de eremita loco? Tarde o temprano tendremos que asumir lo único sensato: que hay que pactar con ellos, hacer las paces, ¡maldita sea!

De repente fingió que no me escuchaba, como si yo no estuviese y se encontrara solo en la fuente. Aquella actitud infantil me indignó:

–¡Quizá tengan algún gramo más de inteligencia que usted! –dije–. ¡Sí, tal vez las únicas bestias de esta isla seamos nosotros! ¡Nosotros y nuestras escopetas y fusiles y municiones y explosiones! ¡Es muy fácil matar, y muy difícil pactar con el enemigo!

–No soy un asesino –me cortó–. No soy un asesino.

Y, paradójicamente, me dirigía la mirada más patibularia que he visto nunca.

Cogió un cubo de agua en cada mano y desapareció. En ese momento supe que Batís Caffó había matado a alguien, alguna vez, y que eso lo mortificaba. Supongo que fue un grave error no escucharle. Aunque también es cierto que escondía su alma bajo una piel de elefante; no era fácil entenderle.

Una vez se hubo ido continué con mi paseo. Empezó a llover. La lluvia ensuciaba la nieve. El hielo de los árboles se licuaba, las estalactitas de los árboles se rompían con un leve crujido. El caminito se llenaba de barro. Tenía que dar saltos para esquivarlo. Al principio me daba igual que lloviera o no. Las gotas se filtraban por la capucha de lana; simplemente me la aparté. Pero pronto llovió con suficiente fuerza para apagar la lumbre de mi cigarrillo. Me hallaba más cerca de la casa del oficial atmosférico que del faro. Decidí refugiarme en la casita, que me acogió como un palacio de mendicantes. Las nubes oscurecían el día. Encontré media vela abandonada y la encendí. La llamita temblaba. Hacía bailar claroscuros por el techo.

Fumaba sin pensar en nada concreto cuando apareció Aneris. Era evidente que Batís la había golpeado. La hice sentar cerca de mí, en la cama. ¿Por qué te ha pegado?, pregunté sin esperar respuesta. En aquellos momentos habría podido matarlo. Empezaba a aprender que la grandeza del amor que sentimos por alguien se nos puede revelar por la magnitud del odio que dirigimos hacia un tercero. Estaba empapada. Eso aún incrementaba más su belleza, pese a los golpes recibidos. Se sacó la ropa.

El tránsito entre la humanidad y la animalidad no influía en los placeres que ella me ofrecía. Hicimos el amor, tantas veces y con tanta intensidad que vi chispas amarillas. Hubo un momento en que ya no sabía dónde acababa mi cuerpo y dónde comenzaba el suyo, y la casa, y la isla entera. Después: tendido en la cama, su aliento frío contra mi cuello. Escupí el cigarrillo muy lejos y me vestí. Me ajusté la hebilla del cinturón pensando en cosas banales. Salí de la casita. Tuve un estremecimiento de frío.

El drama se hizo presente cuando estaba a unos cien metros del faro. Aunque sólo fuera para romper la monotonía, había decidido seguir la costa norte en vez del sendero interior del bosque. Era una ruta tortuosa. A mi derecha el océano, a la izquierda los árboles formando una pared impenetrable. Las raíces salían por debajo de los bancales, formados por tierra y materiales de resaca. A menudo tenía que dar largos saltos de piedra a piedra si quería evitar caer al mar. Cantaba un himno de estudiantes. Y a mitad de la tercera estrofa vi el humo, en el horizonte. Una línea fina y negra que, por efecto del viento, se torcía antes de poder ganar altura. ¡Un barco! Debían de haberse desviado de su ruta por algún motivo, y ahora navegaban muy cerca de la isla. ¡Oh sí, un barco! A trancas y barrancas logré llegar hasta el faro:

–¡Batís! ¡Un barco! –Y casi sin detenerme–: ¡Ayúdeme a encender el faro!

Caffó cortaba leña. Se detuvo para mirar el horizonte, indiferente:

–No le verán –dictaminó–. Demasiado lejos.

–¡Ayúdeme a emitir el SOS!

Subí la escalera interior. Él me siguió lentamente. Demasiado lejos, repetía, demasiado lejos, no le verán. Tenía razón. Los focos del faro eran como señales luminosas de un insecto que pretende comunicarse con la luna. Pero mi deseo era tan intenso que sufrí alucinaciones ópticas y, durante unos minutos de agonía, me pareció que la nave viraba en nuestra dirección, que aquella partícula metálica se hacía más y más tangible. Naturalmente, me equivocaba. El casco del barco se hundió en el horizonte. Durante un rato aún fue visible el humo de la chimenea, cada vez más delgado. Después, ni siquiera el humo.

Hasta el último instante emití frenéticamente en morse. SOS, *Save Our Souls*. SOS, Salvad Nuestras Almas. Nunca las oraciones y las peticiones de auxilio se han unificado tanto como en esa ocasión, en el faro. Y nunca ha existido una prueba tan favorable al ateísmo. No vendrían. Dentro de aquel barco había seres humanos, una verdadera multitud. Les esperaban familias, amigos, amantes, destinos que en esos momentos, justamente en esos momentos, les parecerían remotos. ¿Pero qué podían saber ellos de la lejanía? ¿De mí, del faro? ¿De Batís Caffó o de Aneris? El mundo que me retenía, para ellos, no era más que un perfil lejano, una mancha insignificante y yerma.

–No le ven –dijo Batís sin ninguna emoción en la voz, ni buena ni mala. Simplemente, miraba en dirección al barco con una actitud neutra, con el hacha de cortar leña aún entre las manos, parpadeando como una lechuza. No fui justo con él. Pero era la única persona cercana y tenía que cobrarme la desesperanza.

–¡Mírese! ¡No ha movido ni un músculo! ¿Qué clase de individuo es usted, Caffó? No me ayuda con los citauca, no me ayuda con los hombres. Por activa o por pasiva sabotea cualquier iniciativa sensata o cualquier posibilidad de rescate. ¡Si los náufragos tuvieran sindicatos usted sería el esquirol perfecto!

Batís salió del faro, evitándome. Pero yo lo perseguí escaleras abajo. Lanzaba reproches contra su espalda. Él fingía que no me oía, sólo murmuraba abominaciones en algún dialecto alemán. Lo atrapé por una manga. Alzó los brazos, gesticulaba como si yo fuera una suegra insoportable. Me rehuía pero de inmediato volvía a agarrarlo por el codo, o por la culata del fusil que le colgaba de un hombro. Se detuvo en la explanada, delante del faro. Nos cruzábamos acusaciones mutuas. La silueta del barco había roto las delgadas esclusas que aún nos separaban de la franca hostilidad. Tardé mucho en advertir que Batís callaba.

Batís tenía la boca abierta y muda. Giraba la cabeza a la derecha y a la izquierda alternativamente. La costa norte y la sur aparecían atestadas de unos pequeñísimos citauca. Medio cuerpo dentro del agua, o escondidos entre las rocas y el mar, como cangrejos. Las membranas de manos y pies eran casi transparentes. Batís dio un bufido de caballo. Miraba el cielo, la luz diáfana, y después las siluetas que se refugiaban en la frontera marítima, como si alguna incongruencia hiciera imposible aquella visión. Parecía un hombre perdido en el desierto intentando discernir si lo que ve es un espejismo o es real. Dio un paso hacia el norte. Los niños se escondieron detrás de las piedras. La mayoría no medía ni un metro de altura. Contemplar a aquellas criaturas, inevitablemente, amansaba. Incluso el oleaje parecía más prudente, como si refrenara su impulso por miedo a herirlos. Ellos utilizaban el agua como colchón y nos observaban con curiosidad.

De repente, Caffó se sacó el fusil de la espalda. Con gestos acelerados y torpes movió el cerrojo.

–¿No lo hará, verdad? –dije.

Tragó saliva. Miraba y no encontraba peligros. Sólo eran niños, niños que no buscaban las seguridades de las penumbras para matarnos. Y venían justamente ahora, cuando los días empezaban a hacerse más largos. Por fin, Batís se decidió por trotar hacia el faro, desconfiando de todo y olvidándose de mí.

Un tiro al aire habría sido suficiente para provocar una desbandada. Pero no disparó. ¿Por qué no disparó? Si sólo eran bestias irracionales, si sólo les debíamos sufrimientos y penalidades, ¿por qué no los mataba sin contemplaciones? Creo que ni él mismo comprendía el alcance de aquella renuncia. O quizá sí.

* * *

Con timidez de gorriones y prudencia de ratoncitos, los pequeños citauca se fueron acercando al corazón de la isla. Es decir, al faro. Los primeros días no se atrevían a superar la línea de la costa. Hacían que nos sintiéramos como animales de zoológico. Centenares de ojos, grandes y verdes como manzanas, nos espiaban horas y horas, siguiendo todos y cada uno de nuestros movimientos. Dudábamos sobre la actitud que debíamos mantener. Sobre todo Caffó. Ahora que topaba con un enemigo inofensivo no sabía cómo reaccionar. Su desconcierto daba la medida exacta de sus contradicciones. Sus escrúpulos marcaban los límites de su testarudez.

Se convirtió en una especie de araña humana. Todavía salía muy de mañana del faro. Un par de horas después aparecían los primeros niños, siempre fascinados. Él se hacía el ciego, pero enseguida se recluía en su habitación. Muy a menudo se llevaba consigo a Aneris y le ataba un tobillo a la pata de la cama. Otras veces, sin embargo, actuaba como si ella no existiese. Su comportamiento se hacía cada vez más imprevisible.

Era un hombre de un olor corporal muy fuerte –no estoy diciendo que fuese desagradable, sólo una peculiaridad suya–, y la habitación se impregnó más que nunca de su personalidad, un hedor de calor primario que ninguna nariz europea reconocería. A fin de prevenir riesgos imaginarios, cerraba el blindaje del balcón, con lo cual oscurecía la habitación. Un buen día entré: lo localicé más bien con la nariz que con los ojos. Su sombra estaba junto a una tronera, controlando las novedades de aquel parvulario flotante en que se estaba convirtiendo la isla. La luz solar que entraba por la grieta le retrataba los ojos como una máscara de carnaval. Aquello ya no era un dormitorio, era un cubil.

–Son niños, Caffó, nada más. Los niños no matan, juegan –dije, aún con medio cuerpo en la trampilla. Ni me miró. Por toda respuesta se llevó un dedo a los labios, exigiendo silencio.

Yo también sufría una especie de asombro mágico. Pero más benigno. Eran seres de otros mundos, no los entendía. Nos hacían la guerra, y de repente enviaban a sus hijos al campo de batalla. Quizá nos trataban como si fuésemos una especie de sífilis, una enfermedad que sólo atacaba a los adultos. Fuese como fuese, no había que ser un genio para establecer una correspondencia entre la escopeta clavada en la arena y la aparición de los niños. Detrás de todo aquello, ¿se escondía la mentalidad de unos grandes estrategas o de unos irresponsables absolutos? Y sin embargo, si querían manifestarnos su buena voluntad, ¿de qué medios disponían? A los fusiles que habíamos utilizado nosotros, ellos siempre habían opuesto cuerpos desnudos. Yo había pedido una tregua con una escopeta inofensiva, y ellos nos respondían con cuerpos inofensivos. ¿Era una lógica perversa o la más perfecta?

Los niños se dieron cuenta muy pronto de que no les haría ningún daño. Los días siguientes pisaron tierra firme. Aún se mantenían a distancia. Pero a pesar de que mi actitud intentaba ser grave, a menudo no podía evitar media sonrisa: me observaban fijamente, no hacían más que mirar y mirar. Los ojos desmesuradamente grandes, la boca abierta, como sometidos a una hipnosis de feria.

Una mañana me adentré en el bosque. El abrigo de piel me servía de almohada para la espalda, los pantalones gruesos me aislaban de la nieve y los brazos cruzados me calentaban el pecho. No fue una siesta tranquila. Un murmullo cercano me hizo abrir los párpados.

Tal vez eran quince, o veinte. Colgaban de las ramas a distintas alturas, y me escrutaban como búhos. Yo me encontraba en ese estado de duermevela que aumenta la sensación de irrealidad. Los árboles no les eran familiares y trepaban por ellos sin la menor destreza. Eso convertía sus cuerpecitos en unas piezas tan frágiles, tan vulnerables, que para no herirlos me sometí a su curiosidad. Pensé: si me levanto de repente los asustaré y cuando huyan se harán daño. Me quité las legañas.

–¡Largo de aquí! –dije, sin levantar demasiado la voz–. Volved al agua.

No se movieron. Me puse de pie en medio de un círculo de espías enanos. La mayoría se estaban quietos y callados. Otros cuchicheaban, o se abrazaban con unas carantoñas a medio camino entre la lucha y la fraternidad, pero tampoco éstos me sacaban los ojos de encima. No pude evitar la tentación de tocarle los pies al que tenía más cerca. Estaba sentado en una rama grande y paralela al suelo, balanceando las piernas. Le toqué el pie y una especie de carcajada general se extendió por la vegetación.

No tardaron demasiado en tomar confianza. Tanta, que se convirtieron en una verdadera molestia. Allá adonde iba, aquellos pequeños cuerpos de cabeza pelada se movían a mi compás. Realmente eran como las bandadas de palomas que viven en las plazas de las grandes ciudades. A menudo me giraba y una alfombra de cabezas se congregaba a la altura de mi ombligo. Hacía un gesto brusco, para ahuyentarlos, y sólo reculaban unos metros. Se morían por tocarme. Los más atrevidos me pellizcaban codos y rodillas, huían y volvían a la carga entre carcajadas de pato. Si me sentaba en algún lugar era el delirio: infinidad de deditos se disputaban los cabellos de la cabeza, las patillas y la nuca. Repartí un par de bofetones, aquí y allá. Pero la réplica me humillaba más a mí que a la víctima.

La verdad es que necesité pocos días para acostumbrarme a ellos. Jugaban por los alrededores del faro desde la madrugada hasta el atardecer. La única precaución que se imponía era cerrar la puerta del faro. En caso contrario, birlaban cosas. Si la puerta estaba abierta entraban en el faro y se llevaban del almacén los objetos más variados: velas, vasos, lápices, papeles, pipas, peines, hachas, botellas. Una vez incluso un acordeón: era más grande que el ladrón, a quien atrapé cuando huía cargado como una hormiga. Otro día, un cartucho de dinamita. A saber en qué rincón lo habrían encontrado. Con gran horror por mi parte, los sorprendí cuando practicaban un juego extraordinariamente similar al rugby, con el cartucho por pelota. Pero tampoco sería justo acusarlos de ladrones. Ni siquiera tenían conciencia de lo que significaba un hurto. Que un objeto existiera era causa suficiente para que se lo apropiasen. Cuando los reñía a gritos ni siquiera reaccionaban. Era como si dijeran: las cosas están aquí, y si están aquí las cogemos y basta, no tienen propietario. Cualquier iniciativa pedagógica, con amenazas fingidas o gestos dulces, resultaba inútil. Y aunque podía proteger el depósito cerrando la puerta, las defensas exteriores sufrían una erosión inevitable. Los cristales de botella incrustados en las hendiduras, humedecidos por el agua salada, lucían unos atractivos colores amarillos, verdes y rojos. Los arrancaban para hacerse collares. Un mal día descubrieron que las latas y las cuerdas de los muros eran un juguete ideal. Los convertían en trenes que arrastraban tras de sí mientras corrían, y como todo el mundo sabe las modas infantiles aún son más gregarias que las adultas. Me pasaba medio día reparando sus estropicios. Si los sorprendía, los amenazaba con bramidos de dragón en su cueva. Pero ya sabían que era inofensivo y su respuesta consistía en estirarse las orejas con dos dedos, el gesto citauca de burla, como muy pronto aprendí.

Empecé a valorar a los niños como barómetro de la violencia. Mientras estuviesen allí, pensaba, los citauca no nos atacarían. Sufría más por ellos que por mí. No quería ni imaginarme la reacción de Caffó si los chiquillos se aventuraban a abrir la trampilla de su piso. El más revoltoso de ellos era una especie de triángulo pequeño y feísimo. Triángulo, porque sus hombros eran muy anchos y sus caderas estrechas, menos desarrolladas que las de sus compañeros, como si la naturaleza aún no le hubiera asignado un sexo concreto. Y feo por la galería de muecas, inacabable, que podían adoptar sus facciones de murciélago. Los otros sólo se me acercaban en masa, amparándose en el número. Él no. Muy a menudo desfilaba ante mí. Se movía con paso firme, alzando codos y rodillas con petulancia marcial. Yo le ignoraba. A mis desprecios replicaba acercando su boca a mi oreja, donde soltaba discursos. En estos casos lo mejor era cogerlo por los hombros y hacerle girar el cuerpo ciento ochenta grados. Se iba por donde había venido con el estilo de un muñeco de cuerda. Pero en cierta ocasión se excedió.

Una tarde estaba sentado en el granito, cosiendo un jersey que ya estaba terriblemente remendado. Los niños se habían sumergido. Todos menos el triángulo. Cada mañana era el primero en aparecer y cada tarde el último en retirarse. Vino a hurgarme en la oreja. Yo no era ningún artista de la aguja y aquellos volúmenes nerviosos se convertían en una molestia añadida. De repente noté que se agarraba a mi cuerpo. Manos y pies me rodeaban pecho y cintura. Es más: me atrapó la oreja con los labios y empezó a lamerme el lóbulo. Recibió un coscorrón instantáneo, por supuesto.

Dios mío, qué llantos. El triángulo corría y lloraba, entre unos graznidos espantosos. Al principio no pude contener la risa. Enseguida me arrepentí. Era fácil adivinar que no era una criatura como las demás. Corrió, llorando, hasta la costa norte, pero se detuvo ante la primera ola. Como si de golpe recordase que en esa dirección no iba a encontrar refugio ninguno. Sin perder ni un instante, siempre llorando a gritos, se dirigió a la playa sur. Esta vez ni siquiera se acercó a la orilla. Los llantos se habían mezclado con gemidos de desconsuelo; el triángulo daba vueltas como una pequeña peonza.

A veces la compasión se nos aparece como un paisaje detrás de la última colina. Me pregunté si aquel mundo submarino debía ser tan distinto del nuestro: sin duda tenían padres y madres, y la existencia del triángulo demostraba que también tenían huérfanos. No pude soportar sus llantos. Lo cargué al hombro, como un saco. Lo llevé al granito y seguí cosiendo. De nuevo se agarró a mi cuerpo y me lamió la oreja, y así se durmió. Yo simulé indiferencia.

XIV

Sabía que aquella paz sólo era una tregua precaria, cada hora sin disparos ni aullidos, una prórroga impagable. Y, sin embargo, cuantos más días y más noches transcurrían más lejos se me antojaban los citauca. Todos mis esfuerzos iban dirigidos a no pensar en lo que tarde o temprano debía suceder, fuese lo que fuese. He aquí una muestra de esa debilidad humana que consiste en concebir una esperanza y enunciarla hasta el infinito, de manera que la propia reiteración hace que el deseo se confunda con la realidad.

Cada vez había más síntomas de que el invierno antártico daba paso a una primavera salvaje. Los días nos sonreían más rato; cada jornada la luz ganaba unos minutos felices a la oscuridad. Las nevadas ya no eran tan intensas; los copos de nieve cada vez eran menos vigorosos. A veces no se podía decir si nevaba o llovía. La niebla no nos abrazaba casi nunca. Ahora las nubes estaban mucho más altas. También hacían mucho más ruido, sí.

Renuncié a compartir las guardias nocturnas con Batís. No era necesario. Pero sabía que no era un tiempo regalado: más allá de poner de manifiesto una tregua, la presencia de los niños ofrecía a los dos bandos un tiempo de distensión. Se lo dije:

–No nos atacarán, Caffó. Los niños son nuestro escudo, aval y garantía. Mientras sigan ahí fuera no nos atacarán. Ni de día ni de noche. Descanse.

Él contaba balas y les sacaba brillo.

–Tendremos que empezar a preocuparnos la mañana que no regresen a la isla. Ese día quizá sí pase algo. Aunque no sé el qué.

Abría el pañuelo de seda, contaba las balas y otra vez rehacía el nudo. Me trataba como si nunca hubiera entrado en su faro.

Una vez que toleré que el triángulo se me acercara, ya no pude sacármelo de encima. Dormía cada noche conmigo, muy al margen de nuestros dramas. Era un manojo de nervios, se movía bajo las mantas como un ratón gigante. Tardaba mucho en calmarse. A última hora me chupaba la oreja y se dormía agarrado a mi cuerpo, en postura fetal y emitiendo por la nariz unos ruiditos de cañería embozada.

Una mañana nos encontrábamos en el exterior del faro. Jugaba con el triángulo y Aneris. Nos lanzábamos bolas de nieve y nos reíamos como criaturas. Llegó Caffó. Parecía un cuervo mojado. Su abrigo largo y negro, su barba y sus cabellos, también negros, contrastaban vivamente con la blancura de la nieve. Llevaba el fusil, el arpón, troncos que sostenía con ambas manos. Llevaba un peso que sería difícil de describir.

Más por instinto que por maldad, puso fin a nuestros juegos. Con una violencia desaforada amenazó con un palo al triángulo, que huyó menos atemorizado que colérico, y se llevó a Aneris al faro.

De algún modo intuía los peligros de aquella actividad, en apariencia inocua. Jugábamos, nada más, pero jugábamos. Y el juego, por inocente que sea, pone al descubierto igualdades y afinidades, porque cuando jugamos con alguien no existen las fronteras, ni las jerarquías, ni las biografías; el juego es un espacio de todos y para todos. Y algo tan simple y amigable, naturalmente, agredía a Batís Caffó.

Antes de que se fuera le lancé una bola de nieve, que se le clavó en la nuca:

–Venga, Caffó, un poco de alegría –dije–. A lo mejor hasta saldremos de ésta.

Me bastó la mirada que se dedica al militante revisionista: Una segunda bola de nieve habría sido auténticamente peligrosa.

* * *

Antes de que me diera cuenta, sin proponérmelo, ya había adquirido unos hábitos. Llegaba un nuevo día. Con el primer rayo el mundo inferior y el superior se separaban después de una lucha encarnizada. Más de una vez habíamos sufrido sorpresas de última hora. La isla era naturaleza casi muerta. Sin insectos, sin pájaros, todos los sonidos ajenos a nuestra actividad provenían del mar o del aire. Batís y yo odiábamos la tranquilidad atmosférica. Los días de bonanza, sin vientos y con el mar en calma, nuestros nervios sufrían una prueba suplementaria. Nos constaba que cualquier rumor provenía de los citauca y eso hacía que a la menor sospecha disparásemos bengalas. Pero ahora mi perspectiva se movía. Tuve que hacer un esfuerzo para recordar una vida anterior, cuando el silencio no era ninguna amenaza. La luz se apropiaba de la isla. Los niños emergían y empezaban a jugar por las proximidades del faro. Y Batís se recluía en su fortín como un elefante que huye de los mosquitos. Era su manera de volver la espalda a la realidad.

El triángulo se había ganado favores de príncipe. Se me colgaba del pecho y de los hombros a discreción. Costaba de entender: durante meses habíamos mantenido los citauca lejos del faro, a cañonazos. Pero no podía sacarme de encima a una criatura que no me llegaba ni al ombligo.

Tenía el carácter alocado de los que no dosifican las energías. Durante el día encabezaba las hordas de pequeños citauca arriba y abajo de la isla. Cuando los otros niños se marchaban se dejaba caer de cansancio, sin preocuparse por las incomodidades del terreno. Al final del día lo recogía de debajo de un árbol, o de un hueco en el granito, y lo llevaba a mi colchón. No sé por qué lo tapaba con una manta. Los citauca parecían indiferentes al frío y al calor. Aun así, lo tapaba.

La puesta de sol era toda mía. Tenía la costumbre de descansar en la playa que un día me vio llegar. Gracias a la calita las olas llegaban más sosegadas. La Antártida era el escenario y yo tenía mi asiento en un palco privilegiado. La frontera de los hielos perpetuos comenzaba más de cien millas al sur, pero el continente helado tenía tanta fuerza escénica que podía disfrutar de él desde allí. Cuando el sol moría, fuegos artificiales se esparcían por el horizonte. Relámpagos de azufre y hachas de oro primaverales actuaban para mí. Rayos de color naranja y violeta se peleaban como serpientes aéreas, enredándose entre sí. Con el último resplandor de luces me obligaba a urdir una ficción. Quería imaginar que los citauca me hablaban y que, por medio de la marea en retirada, murmuraban: No, hoy no, tampoco hoy nos mataremos. Después regresaba al faro para pasar la noche.

La nieve se fundía, pero mi alianza con Batís se congelaba. A esas alturas el único factor que nos mantenía unidos era, curiosamente, la meteorología. Mientras el asedio de los citauca nos asfixiaba, no pensábamos en otros riesgos, más aleatorios –un cuerpo atacado a la bayoneta no tiene tiempo para inquietarse por un posible ataque de apendicitis. Pero con los citauca fuera de escena, y con la primavera cayendo sobre nosotros con brutalidad antártica, las tormentas se hacían eternas. Cuando tronaba nos sentíamos como si nos bombardease la artillería. Las paredes del faro temblaban. Las troneras se iluminaban con una luz continua. Los rayos llenaban el horizonte en forma de raíces gigantes. Dios mío, qué rayos. No lo confesábamos, pero nos moríamos de miedo. Aneris no. Posiblemente no captaba la dimensión real del riesgo. Ella no sabía que los constructores nunca se tomaron la molestia de instalar el pararrayos. Nosotros sí. En cualquier momento podíamos ser fulminados, como hormiguitas bajo la lupa de un niño sádico. Y así, mientras Aneris mantenía una indiferencia extática, Batís y yo agachábamos la cabeza y murmurábamos oraciones como esos míticos hombres prehistóricos, impotentes ante los elementos.

Pero esta solidaridad no iba más allá de los ratos de angustia compartida. Ahora, cuando Batís se retiraba a su habitación con ella, tenía que acallar mis sentimientos. A menudo no podía dormir en toda la noche. Alrededor del faro retumbaba la voz ronca de Batís, martirizando a su esclava. Le profesaba una animadversión genuina. Hacía esfuerzos heroicos por contener el impulso de subir las escaleras y llevarme a Aneris de aquella cama grasienta. Esos días me hubiera sido infinitamente más fácil disparar contra Batís que contra los citauca. Él no lo sabía, pero el cartucho de dinamita más inflamable que había extraído del barco portugués era yo. Ahora cada noche se encendía mi mecha, y yo no sabía cuán larga sería. Porque mi apasionamiento por ella se estaba haciendo más grande que la propia isla que lo contenía.

La virtud de algunas músicas consiste en que no nos dejan pensar. Que Aneris encarnaba una de esas músicas era seguro. Sólo se podía discutir si hubiera sido posible resistirse a ella. Se entendían los motivos de Caffó para cubrirla con un trapo cualquiera: su visión volvería loco al monje más casto. El jersey que llevaba era más ofensivo que nunca. Aquella prenda de lana deshilachada, llena de agujeros, que un día fue blanca y que ahora había mudado a un color a medio camino entre el gris y el amarillo. Y ahora, a espaldas de Batís, se desprendía de ella muy a menudo. La desnudez era su estado natural y se movía con una admirable falta de pudor; no conocía esta palabra. Tenía mil ángulos, nunca me cansaría de admirarla. Cuando caminaba desnuda por el bosque. Cuando se sentaba sobre el granito con las piernas cruzadas. Cuando subía las escaleras del faro. Cuando tomaba nuestro sol triste en el balcón, con espíritu de lagarto, inmóvil, la cara al cielo, el mentón hacia arriba y los ojos cerrados. Hacía el amor con ella siempre que podía.

Con Batís reducido a la condición de un presidiario con fusiles, y con los citauca lejos del horizonte inmediato, las ocasiones abundaban: a pesar de que la esclavizaba más que nunca, el criterio de Caffó para retenerla o desentenderse de ella era muy errático. De noche ella sufría, de día se aburría. Lo vi algunas veces. Cuando no tenía más remedio que subir al piso, más lóbrego que nunca, para engullir alguna vianda. Mientras Batís escudriñaba el exterior Aneris se dedicaba a poner orden. Tenía un concepto muy peculiar de la disciplina de los objetos. Para ella los estantes eran lugares inseguros, y los evitaba. Se empeñaba en disponer las cosas a ras del suelo, muy juntas y con piedrecitas encima.

Los días que la liberaba nos escondíamos de Caffó por los rincones del bosque. Los niños nos vieron juntos en algunas ocasiones, y la verdad es que no nos hacían demasiado caso. Como todo el mundo sabe, a los niños se les ven los pensamientos. Y también es cierto que su tolerancia se basa en lo que ven, no en lo que creen. Nada les resulta extraño, sólo nuevo. Cuando podía, a hurtadillas, observaba las relaciones de Aneris con los niños: prácticamente no existían. Más bien los trataba como a una molestia añadida. Podrían ser la correa de transmisión entre ella y los suyos, podrían llevarle saludos y noticias. No aparentaba el menor interés. Los ignoraba como nosotros ignoramos a las hormigas. Un día la vi riñendo al triángulo. Si los niños ya eran pesados, el triángulo valía por varios de ellos juntos. Ella lo echaba, pero él, como siempre, regresaba, como si un defecto en el oído le impidiera entender las palabras desagradables. Para mí, éste era su mayor mérito; para ella, el defecto más intolerable. Pero cualquiera habría podido ver que tanta animadversión no iba dirigida contra una pobre criatura, sino contra terceros. Yo había renunciado a los míos, ella a los suyos. Eso era todo. La única diferencia era que Aneris tenía a los citauca más cerca que yo a los humanos.

¿De qué me servía hacerme preguntas que no podía contestar? Estaba vivo. Podría estar muerto y estaba vivo. Sólo eso; nada menos que eso. Podrían haberme arrancado los miembros uno a uno, mi cadáver debería estar pudriéndose en el fondo del Atlántico. Y en cambio estaba a su lado, haciéndole el amor sin límites, sin normas. Y, sin embargo, mis intentos de acercarme a ella no fructificaban.

¿Podían extrañarme tantas reservas después de su existencia en el faro? Y lo quisiera o no la historia de aquel hombre se encabalgaba con la mía. De hecho, fui partícipe de su crueldad. Pero por otra parte era obvio que nadie la retenía contra su voluntad. Parecía que no odiaba a Caffó por la violencia ejercida, ni lo admiraba por la protección dispensada. Como si aquel hombre rotundo que la poseía, denigraba y golpeaba fuese un mal necesario y nada más.

Después del amor se abría una puerta. Se lo podía leer en la cara. Me miraba a través de un cristal turbio, con una especie de énfasis que fácilmente confundiríamos con afecto. Unos estallidos de celo que, con todas las carencias, se acercaban al amor. Sólo era un espejismo. Pedirle caricias era arrancarle muelas. Cuando quería hablar con ella desde la complicidad de los dos amantes más solitarios del planeta, cuando la abrazaba en exceso, sus ojos la convertían en un pájaro moribundo.

Pero no hay que esforzarse en describir un escenario que no seguía ningún guión; el faro era patrimonio de lo imprevisible y nuestra historia avanzó por meandros mucho más sinuosos.

XV

Un día, por fin, los niños no se presentaron a su cita diaria. A media mañana, cuando ya era evidente que no vendrían, el triángulo contemplaba el océano como un pequeño aguilucho. Pero la angustia no le duró demasiado. Poco después se agarraba a mi rodilla y hacía gestos de contorsionista. Cuando quería que jugáramos expresaba su impaciencia de este modo.

Quien más sufría el eclipse de los niños era yo. Ellos habían sido el único respiro en aquella tierra quemada por la pólvora. Aneris mantenía aquel silencio hermético tan suyo. Y Batís estaba poseído por un vitalismo feliz que podría parecer contradictorio. No lo era. Aunque nunca lo había confesado, se daba cuenta de que los niños significaban un mensaje. Ahora que habían desaparecido, su orden se restablecería. No se le pasó por la cabeza que a la retirada de los niños podría seguirle algún tipo de acontecimiento nuevo.

Le observaba mientras alineaba la munición, establecía nuevos blindajes, preparaba nuevas armas. Con las latas vacías había creado una especie de órgano lleno de tubos, dentro de los cuales introducía las bengalas que nos quedaban para utilizarlas como proyectiles. Estaba hablador y hasta risueño. La perspectiva de bombardear a los asaltantes con bengalas de colores le animaba extraordinariamente. Hacía chistes negros que yo no tenía ánimo para reírle.

Pero era ese último revivir que experimentan los agónicos. Teníamos la guerra perdida. Resistir hasta la última bala quizá justificaría su forma de entender la vida, pero nunca nos la salvaría.

Comimos juntos.

–Tal vez no esperen hasta la noche –dije.

–Tenga confianza en mí –decía él–. Se llevarán un buen susto.

Y se reía como un conejo.

–¿Y si no vienen a matarnos? ¿También disparará?

–¿Y usted? –dijo–. ¿No disparará si lo intentan?

Aneris estaba sentada en el suelo con las piernas cruzadas. Con los ojos abiertos pero sin mirar nada, inmóvil, como si durmiese despierta. Pensé que nuestras violencias giraban alrededor de ella como los planetas alrededor del sol. Batís se dejó caer sobre la cama. Los muelles chirriaron. Su gran abdomen se hinchaba y deshinchaba. No estaba ni dormido ni despierto, como Aneris. ¿Qué hacía yo con un fusil en las manos? La cabeza me decía que lo sostenía por precaución, el corazón me decía que lo hacía por obligación. Batís abrió los ojos. No parpadeaba. Miraba el techo sin moverse de la cama, y me dijo:

–¿Ha cerrado bien la puerta?

Adiviné a qué se refería. A su manera, era una forma de asumir que los citauca tal vez sí se expondrían a la luz del día. También me sugería otros detalles. Durante esos días había hecho la vista gorda con mi decisión de adoptar al triángulo. ¿Dónde estaba? A Caffó lo movían motivos prácticos: que no hiciera ninguna tontería durante el combate. Pero que fuera él quien me lo recordara era imperdonable.

Bajé las escaleras a toda prisa. No estaba. Salí del faro con el miedo en el cuerpo. La luz del sol, ya bajo, manchaba la nieve con un color azulado. El triángulo tenía un dedo en la boca. Al verme se rió. Unos cuantos citauca estaban arrodillados detrás de él, abrazándolo por la cintura y hablándole amistosamente al oído. Entre la vegetación había algunos más, seis o siete. De éstos sólo podía intuir sus ojos de fósforo y las siluetas de sus cráneos pelados.

Un escalofrío me recorrió los huesos. Pero no era ninguna trampa. Muchas manos citauca dieron un suave empujón al triángulo, que se vino conmigo. Empezó a llover. Unas gotas gruesas que hacían top, top, top y abrían cráteres en la nieve como pequeños meteoritos. El triángulo se abrazaba a mi rodilla y reía, exigiéndome que lo llevara a hombros. Para él todas las preocupaciones se resumían en una: a qué íbamos a jugar.

Supongo que los citauca esperaban algún tipo de correspondencia a ese gesto de buena voluntad. Pero de repente noté los músculos de mis interlocutores más tensos. Volví la cabeza. Batís había visto la escena. Se revolvía en el balcón con pinta de mofeta ansiosa. Había atado su invento a la barandilla.

–¡Son pacíficos, Batís! –grité. Con un brazo protegía al triángulo, con el otro sacudía el aire haciendo señales–. ¡No quieren hacernos daño!

–¡Escóndase en el faro, Kollege! ¡Le cubriré!

Manipulaba su artefacto. Con una mecha había conectado todos los tubos de lata a las bengalas que escondían. Las bocas de los tubos nos apuntaban directamente.

–¡No lo haga, Caffó! ¡No lo encienda!

Lo hizo. Los cañones no eran lo bastante largos y las bengalas siguieron un trayecto errático. Unas soltaban chispas por encima de nuestras cabezas, otras rebotaban en el suelo antes de explotar. Fuegos artificiales de ocho colores llenaron la explanada. Me tiré al suelo con el triángulo bajo la barriga, pero en aquella confusión se me escurrió como un pez mojado.

Los citauca daban brincos arriba y abajo, esquivando las bengalas y las balas de Batís. Los disparos pasaban muy cerca de mi cabeza, silbaban como abejas que quisieran anidar en mi oreja. El triángulo lloraba de miedo, entre unos y otros. Agachado, le decía con gestos que viniera conmigo, que le protegería de todo mal. Dudaba. No sabía si refugiarse en mí o si correr hacia las olas. Su lucha interior me angustiaba. Era como si nos separase una pantalla de cristal, en la que no hallábamos ninguna brecha para reunirnos de nuevo. Finalmente, retrocedió unos pasos. Después, se alejó. Pude ver cómo se zambullía en el mar. Una bayoneta en las costillas me habría dolido menos. Por irracional que fuese, me dolía más su pérdida que el aborto de aquel diálogo.

Una vez en el faro subí las escaleras de tres en tres. Enfurecido, cogí a Caffó por el pecho. Lo agarraba con tanta fuerza que un botón de su abrigo de pieles se me quedó dentro del puño.

–¡Le he salvado la vida! –protestó él.

–¿Salvarme la vida? –bramé yo–. ¡Ha matado la última posibilidad que teníamos de conservarla!

Salí al balcón. Como era previsible, los citauca se habían esfumado. El triángulo tampoco estaba. Pronto oscurecería. A la nieve se le sumaron unas rachas de viento laterales. El aparejo de Batís, pura chatarra, repiqueteaba contra el hierro de la barandilla. Al principio ese ruido me exasperaba, después me hundió en una melancolía fatalista. Qué campanas a muerto tan misérrimas, me dije. Batís vigilaba el exterior, excitado, y repetía: ¿Dónde, dónde, dónde están? Lo único que podía hacer yo era aguantar mi fusil y escupir a favor del viento. A veces le insultaba, amargado. Nos escrutábamos el uno al otro, medio en secreto, medio al descubierto. Se hizo de noche y la situación culminó todos los absurdos. No nos hablábamos, cada uno en una punta del balconcito. Ya no sabíamos si vigilábamos la oscuridad o sólo nos vigilábamos el uno al otro. Hasta medianoche no sucedió nada. La lluvia barría la nieve, fabricaba pequeños torrentes en el peñasco de granito y hacía que ramas muertas navegasen por ellos.

En un determinado momento la luna apartó las nubes que la cubrían. Eso nos permitió ver a unos cuantos citauca. Estaban en el mismo lugar, la frontera del bosque. No hacían ningún esfuerzo visible por acercarse al faro. Busqué al triángulo. Pero Batís disparó inmediatamente. Al oír los tiros los citauca se agacharon. Algunos huían a cuatro patas.

–¡Mire a sus amigos! –dijo Batís, cantando victoria–. Se arrastran como gusanos. ¿Dónde se ha visto a unos seres tan miserables?

–¡En cualquier campo de batalla, idiota! ¡Yo mismo he huido arrastrándome cuando silbaban las balas cerca de mí! –grité–. ¡No dispare! ¿Cómo se supone que vamos a entendernos si los acribillamos a balazos? ¡No dispare!

Con una mano hice que el cañón de su remington apuntase al cielo. Pero Batís se libró de ella furiosamente y disparó el fusil otra vez.

–¡No dispare! ¡No dispare, austríaco bastardo! –dije, tirando de su arma.

Fue lo mismo que si hubiese intentado arrancarle un brazo; aquello lo enloqueció. Sostuvo el fusil horizontalmente y de un empujón me echó del balcón. Era una agresión declarada. Me insultaba a gritos. Yo, rojo de rabia, me senté en una silla mordiéndome los labios. Era inútil hablar con alguien que había perdido el juicio. Vino hacia mí. Dejó a un lado el remington, farfullaba un discurso que a veces se aceleraba y a veces se rompía, sin ilaciones, sin coherencia. Me limité a mirarlo con los brazos cruzados, como un acusado en el banquillo. Él movía su arpón por encima de la cabeza y se dirigía elogios supremos. Aneris estaba sentada en el suelo, acurrucada en una pared, con la piel más oscura que nunca. Inició un cántico con una voz de cera.

Enloquecido, Batís le dio una patada. A ciegas, sin mirar dónde la golpeaba. En aquellos instantes me daba más miedo que los propios citauca; también lo odiaba mucho más de lo que nunca había odiado a los citauca. Aquel remolino de energía que era Batís hizo caer muebles enteros. Con una mano cogió a Aneris por el cuello y le gritó alguna barbaridad alemana al oído. Su manaza la ahogaba. Creí que iba a romperle el cuello como si fuese el de una botella. No. Se amorró aún más a la oreja de Aneris y le susurró palabras cariñosas. Hablaba en un tono muy distinto del que era habitual en él. Aún más: alrededor de los ojos el sentimiento le había formado unas enormes bolsas de carne hinchada. Un poco más y estallarían en un mar de lágrimas. Estaba a punto de llorar, él, la personificación humana de la rudeza. De uno de los muebles derrumbados sobresalía un libro. Era el libro de Frazer, que Batís me había escondido en algún momento.

–Dios mío, ¿usted ya lo sabía, verdad? –intervine, desempolvando la cubierta del libro–. Siempre lo ha sabido.

Allá abajo los citauca ululaban, más indignados que agresivos. Toda la humanidad de Caffó estaba rígida. Se intuía el colapso, y en vez de hablar, callé. Era la mejor manera de exponerlo a la evidencia, de demostrarle que no tenía ningún argumento. A continuación, con una voz amigable y pedagógica, le sugerí:

–Batís, lo único que tenemos que hacer es ofrecerles algo a cambio de la paz. No son regimientos prusianos, no exigirán ninguna rendición incondicional.

Lo creía desarmado. Pero de pronto fue como si convirtiera mis palabras en munición. Me señaló con un dedo cada vez más amenazador. Habló con una astucia irónica que siempre había creído fuera de su alcance:

–Usted ha dormido con ella, claro. Duerme con ella. ¡Es eso!

Yo sólo pretendía ofrecerle una salida razonable: que negociáramos la paz para salvar la vida. Pero se daba la circunstancia de que llegaba a conclusiones ciertas mediante razonamientos falsos.

–Sus intereses amorosos no coinciden con los míos –dije en el tono más diplomático posible.

–¡La ha tenido! –dijo en una erupción de rabia–. La ha hecho suya. Lo sabía, lo sabía. Lo supe desde el primer día que le vi, desde que pisó este faro por primera vez. ¡Sabía que tarde o temprano me atacaría por la espalda!

Realmente, ¿le importaba que fuésemos amantes? Es dudoso. En aquella acusación encontraba una válvula para dirigirme todo su odio. No, yo no era el responsable de un adulterio. Era alguien mucho más execrable. Era la voz que fracturaba un universo simplista, libre de matices. Un mundo que debía su supervivencia a la capacidad para mantener el absoluto del blanco y del negro. Aquella culata que me golpeaba como una porra no era odio, era miedo. Miedo a que los carasapo se pareciesen a nosotros, miedo a que pidiesen cosas mínimamente aceptables. Miedo a que escucharlos nos obligase a bajar los cañones. Aquel fusil que apenas podía eludir, aquel fusil que quería partirme el cráneo, romperme las costillas, hablaba con más elocuencia que todas las oratorias. Me decía que Batís, Batís Caffó, había ido tan lejos en el intento de alejarse de los carasapo que había acabado convirtiéndose en el peor carasapo imaginable: un monstruo con quien resultaba imposible sostener ningún diálogo.

En algún momento había cometido un error fatal; no debí haber forzado tanto sus límites. Y ahora estaba dispuesto a matarme. Aún no sé cómo pude huir trampilla abajo. Medio corriendo y medio rodando, fui a parar a la planta baja. Pero Batís me persiguió, gruñendo como un gorila. Movía los brazos a una velocidad increíble. Caían sobre mí como martillazos. Afortunadamente llevaba ropa muy gruesa, que amortiguaba un poco los golpes. Vio que no me hacía suficiente daño y me cogió por el pecho con las dos manos y me estampó contra la pared. Con una voz que salía de las cavernas de su biografía, vomitaba:

–¡Usted no es italiano, no es italiano, con usted no me he equivocado nunca, mi problema es que con usted nunca me he equivocado, y le he dejado hacer! ¡Traidor, traidor, traidor!

En sus manos parecía un muñeco. Hacía que mi cuerpo golpease una y otra vez contra la pared. Tarde o temprano me rompería el cráneo o la columna vertebral. Su brutalidad me convirtió en una rata. Lo único que podía hacer era arrancarle los ojos. Pero cuando notó mis dedos en la cara me lanzó al suelo y empezó a pisotearme con sus patas de elefante. Hizo que me sintiera como un escarabajo. Reculé arrastrándome, y al girarme vi que Batís sostenía un hacha en las manos.

–¡Batís, no lo haga! ¡Usted no es un asesino!

No me escuchaba. Yo me hallaba a las puertas de la muerte y la cabeza no me respondía. Sólo se me presentaban, absurdamente, las imágenes de un sueño antiguo y banal. Pero cuando Batís ya estaba levantando el hacha, sufrió un fenómeno extraño. Una debilidad interior, y a la vez un destello de lucidez, que iluminaba su expresión igual que un meteorito atravesando la atmósfera. Aún con el arma alzada, me miró con la felicidad desgraciada de aquel científico que un día abrió los ojos al sol hasta que la exposición le quemó las retinas, sólo para saber cuánto tiempo podía la vista humana resistir la luz.

–El amor, el amor... –dijo.

Bajó el hacha con una dulzura triste. Escuchaba violines. Era un hombre que cierra silenciosamente la puerta tras la cual duermen sus hijos.

–El amor, el amor... –repitió, suavemente, con algo en la expresión del rostro que recordaba a una sonrisa.

Y de repente volvía a ser el Batís más salvaje. Pero yo ya no existía para él. Me dio la espalda y abrió la puerta. ¿Qué hacía? ¡Dios mío, abría la puerta! Tirado y apaleado, apenas podía dar crédito a lo que estaba pasando.

Inmediatamente, un citauca pretendió entrar en el faro y recibió el hachazo que me estaba destinado. Caffó cogió un tronco con la otra mano, como una porra, y salió.

–¡Batís! –grité, acercándome al umbral–. ¡Regrese al faro!

Corrió por el granito en línea recta. Después, un prodigioso salto al vacío, con los brazos abiertos. Por un momento creí que volaba. Los citauca lo atacaron por todos lados. Salían de la oscuridad, gritando con una alegría asesina que nunca habíamos conocido. Un par de ellos le saltaron encima, pero Batís, con una hábil voltereta por el barro, logró evitarlos. Enseguida se convirtió en el centro de un corro. Los citauca querían acercársele, él movía el hacha y el tronco como molinillos. Un citauca se le colgó de la espalda y el griterío aumentó. Batís quiso herirlo, pero en su posición le resultaba muy difícil. En esta maniobra perdió un segundo vital y el círculo se estrechó. Horroroso. Con el citauca colgándole de los hombros, ignorando las heridas que éste le causaba, Batís seguía golpeando el vacío, alejando a los demás. No tendrían piedad.

Yo estaba perdiendo el tiempo. Subí las escaleras con una mano en la barandilla y la otra en el hígado, que me dolía terriblemente a causa de los golpes. Tenía uno de los dos fusiles cerca. Salí al balcón con el arma en las manos. Ya no estaban. Ni los citauca ni Caffó. Silencio. Sólo el viento helado de la isla.

–¡Batís! –grité de nuevo, esta vez al vacío–. ¡Batís! ¡Batís!

No estaba y no regresaría.

XVI

Desde que estaba en el faro había experimentado todo el espectro de los tormentos. O eso creía. Los días que siguieron a la muerte de Caffó aportaron un suplicio nuevo. Las contradictorias relaciones que habíamos mantenido añadían desgobierno a mi espíritu. La aflicción que me abrumaba, muy confusa, actuaba como una borrachera de sal. Una especie de tristeza desconcertada, que no sabía qué dirección tomar. A veces lloraba con los largos sollozos de los niños, a veces reía con audacia, y, aún más a menudo, hacía ambas cosas a la vez. Ni yo mismo me entendía.

¿Puede ser añorado alguien de quien nunca podríamos decir nada bueno? Sí, pero sólo en el faro, donde la altura de los náufragos se juzgaba por las fisuras de sus defectos. En el faro, donde incluso la humanidad más lejana nos resultaba próxima. Batís había sido un hombre radicalmente extraño a mí. Pero también había sido el último hombre que vería nunca. Ahora que ya no estaba afloraban sus cualidades de roca impasible y de hermano de armas. Bajo el peso de aquella pena tan turbia, al mismo tiempo excitada y abúlica, me era imposible separar la muerte de la realidad. Cuando reparaba los destrozos y llenaba como podía los huecos de las defensas, cuando hacía todo esto, hablaba con él en voz alta. Como si aún tuviera que soportar su voz bronca, sus maneras abruptas, sus «zum Leuchtturm» al anochecer. A menudo lo buscaba para coordinar una vigilancia o una construcción, y topaba con el aire. Cuando por fin comprendía que no estaba, que no estaría nunca más, algo se rompía dentro de mí.

Ignoro cuántos días o, tal vez, semanas viví sometido a esta especie de parálisis, más mental que física. Supongo que sólo me movía la inercia adquirida. Batís estaba muerto y yo pronto le seguiría. Contra la adversidad, dos hombres juntos son un ejército –lo habíamos demostrado con creces–, uno solitario sirve para muy poco. Mis esperanzas consistían en establecer diálogos con el enemigo. Pero el suicidio de Batís saboteaba la base misma de la estrategia. ¿Por qué iban a querer la paz, ahora que podían matarme sin dificultades? ¿Por qué iban a querer negociar nada, después de que Batís les hubiese tiroteado? Apenas tenía municiones. La guarnición del baluarte se había reducido a la mitad. Un par de asaltos más y el faro sería una ruina. Estaba solo y casi indefenso.

Por eso me dejaba tan perplejo la actitud que adoptaban los citauca. A la muerte de Caffó siguió el silencio. No atacaban la isla. Y yo no podía dar crédito alguno a aquellas olas increíblemente plácidas. Las noches se sucedían sin novedad. Yo en el balcón, apoyando el fusil en la barandilla, y ella muda, gracias a Dios. Cuando llegaba el alba me sentía como una botella vacía.

Durante aquellas jornadas de luto me desentendí de Aneris. Ni siquiera la tocaba, a pesar de que dormíamos juntos en la cama de Batís. A mi crisis de soledad se le sumaba su conducta distante y fría. Abrumaba. Era como si no hubiese sucedido nada. Recoge leña, la transporta; llena cestos, los transporta. Contempla el atardecer. Duerme. Se despierta. Tiene un margen de actuación que nunca supera las operaciones más elementales. En su vida diaria se comporta como los obreros adscritos a las palancas de un torno industrial, con esos movimientos repetitivos que hallamos en tantos cuerpos de manicomio.

Una mañana me despertaron unos ruidos nuevos. Desde la cama me fijé en Aneris. Estaba sentada de rodillas sobre la mesa. Tenía en las manos un zueco de madera de Batís y practicaba un juego tan simple como exasperante: lo levantaba con el brazo extendido y lo dejaba caer. Cloc, sonaba, cuando la gravedad hacía que se estrellase contra la mesa, también de madera. Nunca se acostumbraría a la densidad de nuestro aire, infinitamente más ligero que el de su mundo.

Mientras observaba aquel juego, una nube de pensamientos tomaba forma. Su figura se agrandaba, pero de una forma malévola. El problema no era lo que hacía, sino lo que no hacía. Batís estaba muerto y ella no expresaba ninguna emoción, ni a favor ni en contra. ¿En qué realidad vivía?

No hacía falta ser clarividente para entender que había vivido de espaldas a Batís Caffó, y que viviría de espaldas a mí. Yo creía que la tiranía de Batís actuaba como un dique humano que contenía a Aneris. Pero una vez roto el dique, no manaba nada. Ni siquiera estaba seguro de que las sensaciones que ella había vivido allí, en el faro, fueran parecidas a las mías. Incluso me pregunté si sería posible que aquel conflicto le agradase, que su egolatría disfrutase de ser el premio por el que combatían dos mundos.

Tiré el zueco por el balcón. La cogí por las mejillas con las dos manos. La acariciaba y al mismo tiempo la aprisionaba. Quería que entendiese que me estaba haciendo más daño que todos los citauca juntos. Quería que me mirase, por san Patricio, que me mirase; tal vez así vería a un hombre honesto, sin demasiadas ambiciones. Un hombre que sólo busca un lugar donde vivir en paz, lejos de todo y de todos, de la crueldad y de los crueles. Ni ella ni yo habíamos escogido las condiciones de aquella isla fea, fría y ahora quemada. Y sin embargo sería nuestra patria mientras viviésemos allí, nos gustara o no, y nos correspondía a nosotros hacerla habitable. Pero para conseguirlo necesitaba que viera en mí algo más que dos manos armadas.

No sé en qué momento dejé de gritarle, y de darle palmadas en las mejillas, y empecé a abofetearla. Estaba tan furioso que la frontera entre el insulto y la violencia se convirtió en un papel de fumar. Me replicó. Cuando ella me golpeaba con sus manos membranosas era como si me fustigasen la cara con una toalla mojada. Cuando yo la abofeteaba no era odio, era impotencia. Con el último golpe quedó tendida en el colchón. Allí la tenía, acurrucada como un gato, esperándome con las uñas a punto.

Renuncié. ¿Para qué insistir? ¿Qué podía ganar, golpeándola? Sus vacíos, sus desprecios, todo me indicaba que yo era un accesorio de sus intereses, que nunca sería otra cosa. Por fin comprendía el abismo que nos separaba: yo me había refugiado en ella, ella en el faro. Nunca han existido principios tan cercanos y tan contradictorios. Pero saber esto, ¿hacía que la deseara menos, que la necesitara menos? No. Desgraciadamente, no. Ella actuaba sobre mi amor como el volcán con Pompeya: lo destruía y al mismo tiempo lo mantenía intacto.

También es cierto que aquella escena tumultuosa tuvo la virtud de desbloquear mi cerebro. Por primera vez desde la muerte de Batís me escapaba de mi aislamiento interior. Los pies me llevaron fuera del faro. Un acto tan simple como inspirar el aire frío me revitalizaba extraordinariamente. Sus beneficios se extendieron hasta las mejillas. No necesitaba verlas para notar que adquirían un tono rosado. Tardé un buen rato en darme cuenta de que me observaban.

Estaban en el umbral del bosque, otra vez. Seis, siete, ocho. Tal vez más. Podían aprovechar la ocasión para abalanzarse sobre mí en una carrerilla mortal, pero no lo hacían. Me rendía a su indulgencia. A pesar de que

Batís les había disparado en plena tregua, a pesar de nuestra perfidia, concedían una última oportunidad.

La historia del faro no era la de un raciocinio perfecto. Podría creerse que me dirigí hacia ellos feliz de poder llevar a la práctica, por fin, mi ideario negociador. Esto es cierto, sí. Tan cierto como que no fue éste el primer impulso que me movió: los vi, y mi sentimiento fue la esperanza de recuperar al triángulo. Levanté las manos desnudas. Me dirigí hacia el umbral del bosque, sin prisas pero decidido; el único ruido del mundo era el de la nieve que pisaba. Estaba preparado para desplegar todas mis capacidades mímicas.

¿Qué estarían pensando? La curiosidad les enriquecía la mirada. En ellos se percibía algo de aquel interés tan incisivo de sus niños. Tenían los cuerpos alerta pero relajados. Unos me miraban a los ojos, otros las manos. Podía interpretar de mil maneras cada uno de sus parpadeos, y pensé que la curiosidad mutua podía ser un gran antídoto contra la violencia.

Pero aquel faro era el reino del miedo. Pensemos en un insecto con aguijón que se nos mete en la oreja. Así me conquistó la duda, por sorpresa y con dolor. Comencé a hacerme preguntas y las preguntas se hicieron más fuertes que mis interlocutores: ¿y si luchaban por algo más que por la posesión de un islote oceánico? Después de todo, ¿por qué habrían de querer aquella tierra yerma, su vegetación absurda, sus pedruscos angulosos? Quizá, sólo quizá, lo que deseaban era un bien muy superior: lo mismo que yo deseaba.

Me había dado cuenta de que ya no era el centro de las atenciones de los citauca. Giré el cuello. Detrás de mí, en el balcón, aparecía la figura de Aneris. Los citauca la miraban a ella, no a mí. Podía oler la ansiedad de Aneris. Se aferraba a la barandilla con ambas manos, impotente ante lo que estaba sucediendo. Quizá creyese que los vínculos con que me había unido a ella no eran lo bastante sólidos, que la entregaría a los citauca. Se equivocaba, claro.

La mera posibilidad de que me exigiesen a Aneris destruía mi voluntad de seguir adelante. Cuanto más me acercaba a ella, más difícil me resultaba seguir avanzando. Mis pies empezaron a volverse lentos antes incluso de que les diese la orden. La nieve dejó de hacer ruido.

El sol planeaba sobre nosotros, las nubes lo convertían en un pequeño disco dorado. Estaba muy cerca del bosque, de ellos. Una gruesa raíz emergía y se sumergía como el cuerpo de una gran serpiente. Una de mis botas la pisaba. Más allá, algunos citauca pisaban esa misma raíz. Nunca habíamos estado tan cerca. Pero eso fue todo.

Durante un buen rato me quedé allí, plantado. Los citauca esperaban. ¿Qué esperaban? ¿Que les entregara a Aneris? Lo único que podían querer de mí era lo único que no podía darles. Y fuesen cuales fuesen los conflictos entre Aneris y ellos, yo nunca podría resolverlos. Me hubiera gustado decirles que incluso mi vida era negociable. Pero una vida sin Aneris, nunca. Podría vivir sin amor y para siempre, si era necesario, pero no podría vivir sin Aneris. ¿Qué me esperaba una vez la perdiese? Una muerte sin vida, una vida sin muerte. ¿Qué es peor: un verano que hiela o un invierno que quema? Y así hasta el fin de los tiempos.

Ella me había hecho ver lo que ocultaban las luces del faro; ella me había hecho ver que el enemigo podía ser cualquier cosa menos una bestia. Que no puede serlo nunca, en ningún lugar, y tal vez allí, en la isla, menos que en ningún otro sitio. Sin ella nunca habría sabido la verdad, y sólo ella podía enseñármela. Pero mientras recorría este camino hacia la verdad, con Aneris, era inevitable que me apasionase por Aneris, que la amara como sólo pueden amar la vida los náufragos: desesperadamente. Por eso era todo tan triste, porque el faro me descubría que saber la verdad no cambia la vida.

El amor y el odio que sentía por ella latían con una intensidad aberrante. Si en esos momentos hubiera levantado un dedo, los rayos habrían caído sobre nosotros y desde todos los puntos del universo. No levanté ningún dedo, claro; simplemente me volví atrás.

Me fijé en un detalle insignificante: mis pasos sobre la nieve no hacían tanto ruido como unos minutos antes, cuando me dirigía hacia ellos. Era fácil de entender. La nieve ya estaba prensada; mis pies se metían exactamente en los mismos hoyos que había hecho cuando avanzaba.

El resto del día lo pasé poniendo orden en la casa. La discusión con Aneris la había convertido en un almacén de traperos. La arreglé como pude. Ella no estaba. Había desaparecido muy poco después de que yo entrase en el faro. Volvería.

Antes de que anocheciera entró por la trampilla, tímida y miedosa. Si temía una reacción violenta, se equivocaba. La ignoré. Durante un buen rato estuve ocupado con tareas de sierra y martillo. Después me senté a la mesa que acababa de reparar. Fumaba y bebía ginebra como si estuviese solo. Aneris se había cobijado detrás de la estufa de hierro. Le podía ver media silueta; los pies, las rodillas, y las manos que abrazaban las piernas. A veces asomaba media cabeza y me espiaba.

Se me acabó una botella. Las guardábamos en un gran baúl reconvertido en bodega, que teníamos en el piso de los focos. Podían volver a la carga esa misma noche, y sin embargo no me importaba emborracharme. Pero cuando me dirigía a las escalerillas me lo pensé mejor. La saqué de su escondite, arrastrándola por un pie. Hice que se levantara, luego la tumbé de un bofetón, tan fuerte que al día siguiente todavía tenía la palma roja. Ella no se movió del suelo, acurrucándose y llorando.

Dios mío, cómo la deseaba. Pero aquella noche la peor ofensa que podía hacerle era no tocarla.

XVII

Estuve borracho tres días y tres noches. O tal vez fueron más. El alcohol y el tiempo jugaban al escondite. La ebriedad era un lugar donde las ocurrencias giraban en espiral. Y nada más. Bebía y así vivía detrás del telón, como si la función no hubiera de empezar nunca. A veces, cuando el sol se iba, intentaba defender el balcón. Lo único que conseguía era dormirme entre vapores etílicos. Por las mañanas tenía los dedos de un violeta oscuro. En una ocasión el contacto con el hierro del gatillo estuvo a punto de obligarme a la amputación del índice. Sólo seguía vivo porque los citauca estaban planificando muy bien su último ataque; sólo vivía gracias al respeto adquirido a tiros. Qué consuelo más triste.

Pero la ebriedad me ofrecía más ventajas que inconvenientes. Sobre todo: la sensación de que deseaba menos a Aneris. También yo la vestí, a fin de ahorrarme aquella desnudez deslumbrante. Un jersey de lana negra, con unos grandes parches de tela de saco. Las mangas eran más largas que los brazos, y la pieza la cubría hasta las rodillas. Cuando estaba cerca de mí, a veces, le daba patadas sin moverme del asiento.

Y sin embargo, qué pretensiones tan infructuosas. Mis escarnios sólo afirmaban un poder falso, más frágil que el de un imperio defendido por murallas de humo o soldaditos de plomo. Cuando estaba demasiado borracho, o demasiado poco, se desmoronaban todos los artificios. Ella no se oponía a mis ataques. ¿Por qué debería hacerlo? Cuanto más aparentaba un dominio absoluto, más relucían mis miserias. Cada vez que la poseía confirmaba que vivía en un presidio, con desiertos en lugar de barrotes. Y ojalá me guiara la mera concupiscencia. La mayoría de las veces, antes de que nada se consumase, me interrumpía un llanto patético. Sí, fueron más de tres días de borrachera, muchos más.

La última de esas mañanas Aneris tuvo el atrevimiento de despertarme. Tiraba de uno de mis pies con todas sus fuerzas, pero apenas logró que abriera un ojo. Bajo la carne de la nariz se me había instalado un dolor que ya me resultaba familiar, consecuencia de mis excesos con la ginebra. Respiraba azúcar. Incluso medio inconsciente fui capaz de hacer un cálculo: ignorarla me supondría menos incomodidades que el esfuerzo de rechazarla. Pero insistió, esta vez con un tirón de mis cabellos. El dolor se confundió con la rabia y traté de golpearla, ciego aún. Ella me esquivaba con unos ruiditos de telégrafo excitado. Lancé una botella contra sus formas inquietas, y luego otra. Al final huyó por la trampilla y yo caí en uno de esos sopores tan amargos y tan desagradables.

No podía dormir ni despertarme del todo. ¿Cuánto tiempo perdí en aquel estado desvalido? Mi cerebro era una plaza pública atestada de profetas y demagogos. Las ideas claras se mezclaban con futilidades inimaginables, sin ninguna jerarquía, y no podía discernir las unas de las otras. Poco a poco se impuso el razonamiento, elemental, de que Aneris debía de tener motivos muy serios para molestar a un borracho tan irascible.

El alba apuntaba por el balcón con una timidez inteligente, como si el sol descubriera la isla por primera vez. Ahora podía oírlos, en el interior del faro, ahí abajo. Una cacofonía de sonidos que subía por las escaleras. La parte de mí que más se resistía era la boca. Hilaba palabras como un moribundo: fusil, candado, bengala. Pero no hice nada. Sólo podía mirar la trampilla, sometido a una rara hipnosis.

Un brazo abrió la trampilla. Dos cintas doradas en una bocamanga. Después apareció una gorra de capitán con las insignias de la República francesa. Y luego unos ojos nada amistosos, de ideales intolerantes, con una nariz larga y carnosa flanqueada por dos patillas rubias, también muy largas. La boca fumaba un habano. El individuo entró sin reparar especialmente en mi persona. Estaba casi dentro de la habitación cuando una botella que llevaba en el bolsillo del gabán hizo que se quedara encallado. Lo resolvió bramando:

—¡Técnico en señales marítimas! ¿Se puede saber por qué no contesta cuando se le llama? ¿Qué ha pasado en este islote del demonio? ¿Cuál ha sido la catástrofe? ¿Un terremoto? Creía que ésta no era tierra sísmica.

Lucía una barba de papel de lija que lo degradaba. La casaca azulada estaba consumida por una legión de roedores, como si hiciera años que no pisaba un puerto para sustituir el vestuario. En conjunto, su aspecto parecía el de un desertor de la armada que ha optado por la piratería. La tripulación apestaba a desinfectante de cuartel y a cosas peores. Eran marineros de colonias, la mayoría asiáticos o mestizos. Cada uno llevaba unas pieles diferentes, ningún uniforme regular, y eso les daba un aire de mercenarios. Ellos nunca entenderían la conmoción que generaba en mi interior su simple presencia. Hacía más de un año que vivía aislado del mundo; mis sentidos se habían acostumbrado a las reiteraciones. Y de repente me inundaban docenas de caras nuevas, de voces chillonas, de olores olvidados. Por propia iniciativa empezaron a revolver la habitación con el propósito de saquearla. Entre ellos destacaba uno muy joven, indudablemente semita, cabellos de rizos negros y gafas de hierro. Éste se abstenía de cualquier ambición. No era marinero y vestía mejor que los demás. Ropa de oficina, poco o nada adecuada para la vida marítima. Una cadenita que desaparecía en el bolsillo del chaleco hablaba de un reloj escondido. Los otros mostraban esas facciones que se van grabando con el ejercicio constante de la indisciplina. El judío, en cambio, tenía la cara melosa de quien ha leído demasiados libros sin sustancia. Tosía mucho.

–¿Con quién hablo? ¿Cuál es su grado? –me interrogó el capitán–. Mudo, herido, enfermo, ¿no me entiende? ¿Qué idiomas entiende? ¿Cómo se llama? ¡Conteste! ¿O es que se ha vuelto loco? Claro, loco... –Se interrumpió para olfatear el aire–. ¿De dónde viene este hedor? Si los peces sudaran tendrían este olor, toda la casa desprende este olor.

Algunos marineros se rieron. Se reían de mí. Habían descubierto que bien poco podían robarme y ahora me dedicaban más atención. El judío hojeaba unos papeles oficiales y muy gastados, y mientras los leía dijo:

–Antes de salir de Europa pedí al Ministerio una copia del registro internacional de destinos ultramarinos. Aquí figura un tal Caffó, Batís Caffó –levantó los ojos, dudando–. O eso parece.

–¿Caffó? ¿Técnico en señales marítimas Caffó? –preguntó el capitán.

–Lo supongo, pero no estoy seguro –reconoció el judío, ajustándose las gafas–. En el listado público es el único nombre que aparece. Pero no especifica nacionalidad ni cargo. Ni siquiera consta qué organismo lo envió, cuándo y con qué misión concreta. Sólo dice que tenía esta isla por destino. La culpa la tiene la corporación naviera, que se reserva el derecho a transmitir a las administraciones públicas el listado de técnicos expatriados. Lo hace de mala gana y mal. Cuando vuelva, protestaré. Esta política sólo perjudica a sus propios empleados. Es decir, a mí. ¡Parece mentira! Todos los países se comunican los datos de las estaciones internacionales y, en cambio, la corporación oculta los nombres que le conviene. ¡Y estamos hablando de un misérrimo observatorio meteorológico!

Pero los intereses del judío y el capitán eran muy distintos, una alianza momentánea. Y el capitán era un hombre práctico. Los detalles no le interesaban, e insistió:

–Técnico en señales marítimas Caffó: este hombre viene a sustituir al anterior oficial atmosférico. Pero no sabemos dónde está. Si no nos da una respuesta satisfactoria, tendremos que deducir que usted es el responsable de su desaparición. ¿Entiende de qué se le acusa? ¡Conteste! ¡Conteste, demonios, conteste! La casa del oficial atmosférico es vecina del faro y esto es un islote ¡A la fuerza tiene que saber usted qué ha sido de él! ¿Cree que estos trayectos son una ganga? Partí de Indochina en dirección a Burdeos, pero la corporación me ha obligado a desviarme mil millas náuticas para recoger a un hombre. Sólo uno. Y ahora resulta que no lo encuentro. Aquí, precisamente aquí, ¡una isla donde cabe menos tierra que en un sello de correos!

Me miró con furia, esperando que la energía de sus ojos me intimidara o que el silencio sostenido me obligase a hablar. No consiguió ni una cosa ni otra. Hizo un gesto de rendición con la mano. Buena parte de su autoridad se basaba en la relación que mantenía con el puro. Despidió un humo tan denso que hubiera podido masticarlo. Se dirigió al joven judío:

–Los silencios acusan a sus propietarios. Me lo llevaré para que lo cuelguen.

–Los silencios también pueden ser una gran defensa –dijo el joven, que hojeaba un libro–. Recuerde, capitán, que recibió el encargo de transportarme porque el barco que tenía que llevarme sufrió los efectos de ese tifón. Nos hemos retrasado meses enteros. ¿Quién sabe cómo encajó la soledad, el anterior oficial atmosférico? Y si ha sucedido algún tipo de desgracia, este hombre tiene más aspecto de testigo que de responsable.

De repente el capitán dirigió su atención a un marinero asiático que aún removía cajones. Antes de que el marinero se diera cuenta ya había recibido tres puñetazos en la nuca. El capitán le cogió una pitillera de plata robada. La examinó con severidad, sin sacarse el puro de los labios, y acto seguido la hizo desaparecer por las profundidades de su gabán. El chico judío ni se inmutó. Debía de estar acostumbrado a aquellas escenas. Me dijo, muy ceremonioso, acercándome el libro de Frazer:

–¿No ha disfrutado de ninguna otra lectura en todo este tiempo? Ha de saber que la república de las letras ha cambiado de rumbo. Ahora se invocan principios intelectuales más elevados.

No. Se equivocaba. Nada había cambiado. No tenía más que mirar a aquellos hombres sucios, que invadían el faro como una horda de clientes de prostíbulo. Unos hombres que, mientras él hablaba de las cimas del intelecto, mancillaban y corrompían todo lo que tocaban. Mirarme a mí, un hombre que no temía que lo colgasen, que temía mucho más vivir junto a aquellos hombres. Un hombre que había preferido el destierro al desorden, y que ya no sería capaz de resistir el viaje inverso. Pobre chico. Desbordaba suficiencia. De haber tenido una balanza, le habría desafiado a que pusiera todos sus libros en un platillo y a Aneris en el otro.

Naturalmente, las amenazas del capitán eran fatuas. Yo sólo significaba un estorbo y como tal fui tratado. En un determinado momento se sacó la gorra y empezó a gritar. Fustigaba a sus hombres a golpes de gorra en una mezcla de francés y chino, o lo que fuese, y antes de que me diera cuenta ya se habían marchado. Pude oírlos por las escaleras del faro. Las órdenes, las maldiciones y los insultos se mezclaban alegremente y a partes iguales. Después, nada. Tal como habían venido se habían ido. El mar estaba más agitado que de costumbre; algunas olas golpeaban el faro con un ruido de piedra contra piedra. Otras hacían pensar en el rugido de un león. Mucha gente ha visto un fantasma, pero yo tenía la impresión de ser el primero a quien visitaba un grupo entero. O tal vez fuese yo, el fantasma.

En todo el día no me moví del balcón. El objeto real de mi atención era mi propia curiosidad. Hacía tanto tiempo que no veía a un grupo de hombres, que todos los movimientos me resultaban insólitos. Antes de irse repararon la casa del oficial atmosférico. Lo hacían con desgana, forzados por las órdenes del capitán. Cuando el viento me era propicio podía oír el ruido de herramientas y la voz furibunda del hombre. Pero tampoco él lo hacía de buena gana. Los improperios le salían demasiado teatrales, un compromiso entre su cargo y su deseo de embarcarse tan pronto como pudiese. Vi una pequeña columna de humo, también figuras humanas. Ahora el capitán, más que fumar, bebía. Apenas hacía caso de todo lo que el joven judío le sugería. Daba tragos directamente de una petaca, dando la espalda al judío cuando éste le insistía demasiado. Quería irse de allí.

¿Qué son nuestros sentimientos? Noticias que nos hablan de nosotros mismos. Las chalupas abandonaron la playa antes de que oscureciera, y yo no sentía nada, nada, ni siquiera nostalgia. El barco se hundía por el horizonte. De la chimenea del oficial atmosférico salía humo. Detrás de mí, la trampilla se abrió con un chirrido. No necesitaba volverme para saber que era ella. A saber dónde se había escondido.

Me recuperé comiendo habas de lata. Daba chasquidos con la lengua y Aneris me obedecía de inmediato. Quitó la mesa, y se desnudó a toda prisa. A su manera estaba contenta. Supongo que la borrachera había sido un imprevisto desorientador. Pero no. Allí me tenía, fiel y sin exigirle más de lo que quería darme. Yo también me desnudaba. Me estaba sacando el último jersey cuando ella cambió de postura. Hace una mueca eléctrica. Se sienta con las piernas cruzadas. Canta hablando, o habla cantando.

La sangre me volvía a circular por las venas. Asegurar el blindaje de la puerta, encender las luces del faro, distribuir la escasa munición que me queda. Quiero tener una bengala cerca, Dios mío, me quedan muy pocas. ¿Todo en orden? Sí, y no. Todo estaba en orden, sí. Las cosas estaban tan bien ordenadas que ya no me necesitaban.

Los citauca invadieron la isla por la costa este y oeste simultáneamente. Se trataba de dos pequeños grupos que antes del asalto se reunían en el bosque. Se acercaron al faro, a saltitos. A veces los focos iluminaban un par de ojos. Algunos los tenían de color verde metálico. Mientras les apuntaba me vino a la memoria un viejo manual de la lucha guerrillera: los insurgentes sólo atacarán una posición fortificada con superioridad numérica y de noche, siempre, especialmente en caso de inferioridad de armamento. Y si pueden escoger entre dos posiciones enemigas optarán, siempre, por la menos fortificada. Puede parecer puro sentido común, pero a los guerrilleros vocacionales les hacen falta grandes lecciones de sentido común.

Se desvanecieron, y un minuto después aullaban en el otro extremo de la isla. El orden de las cosas ya no reclamaba a aquel hombre –a mi persona–, que limpiaba tranquilamente su fusil mientras oía disparos. A aquel hombre que se hacía el sordo mientras otro ser humano luchaba por su vida, allí, a la vuelta de la esquina. Y bien mirado, ¿qué debería haber hecho? ¿Comunicarle al capitán francés que nos asediaban miles de citauca? ¿Salir del faro, en mitad de la noche? Al menos conté nueve disparos. Lo único que pensé fue que debería estar prohibido malgastar munición de un modo tan estúpido.

⋆ ⋆ ⋆

Al día siguiente me llegué hasta la casita. Una niebla muy espesa no me permitió verle hasta que casi estuve en la puerta. Por lo que se podía constatar estaba más o menos vivo. Pelo ensortijado, ojos hinchados. Aún vestía como un oficinista de seguros. La isla nunca había visto vestimenta tan impropia. Si me hubiera quedado algún vestigio de sentido del humor, me habría reído. Camisa blanca y sin botones, americana negra, pantalones negros arrugados y ajados por la batalla. Hasta le colgaba del cuello una corbatita floja. Un cristal de las gafas se había agrietado formando una telaraña, los zapatos sucios de barro. En una noche había pasado de la condición de pequeño-burgués a la de paria sin patria. Con la mano derecha sostenía un revólver que aún humeaba. Aquella pequeña arma, paradójicamente, aún añadía más indefensión a su estampa. Trotó hacia mí entre la niebla:

–¡Señor Caffó, gracias a Dios! Creía que nunca más volvería a ver a un ser humano.

No dije nada, sólo era un fantasma de carne. Mientras le revolvía la cabaña me siguió como un perrito. A algunas personas la exposición al abismo les provoca una locuacidad compulsiva. Él hablaba mucho, yo no le escuchaba. Las dos cajas de municiones estaban debajo de unos grandes sacos de legumbres. Tenían forma de pequeños ataúdes. Con una palanca de hierro hice saltar la tapa de la primera y se creó un silencio, como si abriesen un sepulcro santo. Revolví las balas.

–¡Oh, Señor! Es verdad –dijo él, arrodillándose junto a mí–. Seguro que hay un fusil en otra de las cajas. El reglamento obliga a los oficiales atmosféricos expatriados a mantener un arsenal mínimo. Ayer por la tarde no me acordé de ello. No podía pensar en nada. Suerte que llevaba este revólver para protegerme de los sodomitas de la nave. ¿Quién podía imaginar que esta isla era la residencia del diablo?

–Uno nunca sabe adónde puede ir a parar. Deberíamos saber cuál es nuestro equipaje –sentencié.

–De acuerdo. Usted ha empleado bien el suyo... –Y añadió con una vocecita tímida–: Si no, no estaría vivo.

Tenía razón. Lo cual no impedía que me sintiera vagamente ofendido. Yo no sacaba los ojos ni los dedos de las balas de cobre:

–Ahora se trata de que también usted lo emplee bien. Yo, por mi parte, no tengo ningún inconveniente en cederle media isla. Tiene dos cajas de municiones. Seguro que no le molestará que me quede una.

Parpadeó sin comprender. Se puso de pie. Con un pie cerró la tapa abierta. Por poco me pilla los dedos.

–¿Llevarse la munición al faro? ¿Pero de qué está hablando? ¡Es a mí a quien tiene que llevarse al faro!

Su tono había cambiado. Lo examiné por primera vez. Era uno de esos que mueren con la esperanza en los labios.

–Usted no puede entenderlo –dije–. Aquí todo es turbio.

–¡Eso ya lo he podido comprobar! ¡Unas profundidades turbias y repletas de tiburones con patas!

–En efecto, no me entiende.

Con una mano lo agarré por el cuello y lo arrastré hasta la playa. Yo no era mucho más fuerte que él, pero él vivía en el desconcierto y mis músculos estaban entrenados por la mecánica de la isla. Con las dos manos le volví la cabeza en dirección al mar:

–¡Mire! –bramé–. Esta noche ha tenido que sufrirlos, ¿verdad? Ahora fíjese bien: todo un océano. ¿Qué ve ahí abajo?

Gimoteó algo y cayó sobre la arena como un muñeco. Se puso a llorar. Podía adivinar lo que había visto. Naturalmente que podía. Si fuese uno de esos hombres capaces de ver otra cosa nunca habría llegado a la isla. Un viento gélido barrió la niebla. El sol estaba más bajo de lo que creía. Dejó de llorar:

–Desde que he llegado a esta isla no entiendo nada. Pero el hecho es que no quiero morir aquí –cerró un puño–. No quiero.

–Pues váyase –repliqué–. Ese faro es un espejismo. Allí dentro no encontrará ninguna seguridad. No entre. Váyase, regrese a su casa.

–¿Irme? ¿Cómo quiere que me vaya? –Abrió los brazos–: ¡Mire a su alrededor! ¿Ve un barco por algún lado? Estamos en el último escalón del planeta.

–No crea en el faro –insistí–. Los hombres que llegan aquí han perdido la fe y se aferran a los espejismos. Pero nadie ha abrazado nunca ningún espejismo.

–La voz me cambió–: Si tuviera fe caminaría sobre las aguas y regresaría al lugar de donde ha venido.

–Se ríe de mí, ¿verdad? ¿O es que hablo con un demente?

–¿Ha pasado una noche aquí y aún me trata de loco? –Los huesos me dolían–. Estoy cansado.

Me senté en una piedra. Me miró, alucinado. Yo sólo había actuado como ventrílocuo, mis cadenas me impedían creer en lo que acababa de decir. Para mi asombro, sin embargo, sus ojos se convirtieron en dos puntos abruptamente lúcidos. No parpadeaba. Se puso de pie con una energía salvaje. Se sacó los zapatos. Se arremangó los pantalones con gestos secos. Se deshizo de la americana y de las gafitas.

Sí, iba hacia el agua. Sin dudas, sin vacilaciones. Veía la espalda de aquel chico tierno y decidido, y una inspiración se adueñó de mí. Se detuvo en la frontera imprecisa entre el mar y la tierra. Una ola más larga que las demás le lamió los pies; yo mismo sentí un estremecimiento de frío, que algún hilo invisible me transmitió. Dudé. ¿Y si se iba?

El fusil se me caía de las manos. No me lo podía creer. Realmente caminaba sobre las aguas. Daba un paso, y otro, y el mar le sostenía los pies como un puente líquido. Se iba, abolía el faro, los vicios que fundamentaban nuestra guerra. Había entendido que con los espejismos no se discute, se les evita. Destruía todas las pasiones, todas las perversiones, porque renunciaba a ellas desde sus inicios. Aquel chico era los párpados del mundo: unos pasos más y despertaríamos todos de la pesadilla.

Se volvió hacia mí, indignado:

–¿Qué diablos estoy haciendo? –gritó con los brazos muy abiertos–. ¿Cree que soy el buen Jesús?

Y rehízo el camino. Una vez en tierra firme su espíritu era ya el de un combatiente. Quería luchar hasta el momento final. Hablaba de los «tiburombres», de envenenar las aguas con arsénico, de llenar el litoral con redes cuajadas de conchas de mejillón rotas, que servirían como cuchillos, de mil estrategias mortíferas. Me acerqué al agua. Dos dedos por debajo de la superficie se podían ver unos arrecifes planos, sobre los cuales había dado aquellos pasos.

Me senté en la playa, abrazando el fusil como si fuera un recién nacido. Me dejé caer hacia atrás. Mi espalda encontró un colchón de arena. Definitivamente el mundo era un lugar previsible y sin novedades. Me hice una de esas preguntas que contestamos antes de enunciarlas: ¿dónde estaría mi triángulo, dónde?

El sol declinaba.

Impreso en Litografía Rosés, S. A.
Progrés, 54-60. Polígono La Post
Gavá (Barcelona)